잃어도 이뤄냈으니까

본 도서를 음성 변환할 때
시각 장애인의 이해를 돕기 위한 표지 설명입니다.

작은 들꽃이 펼쳐진 꽃밭 가운데에 우령과 안내견인 하얀이가 마주 본 채 앉아 있습니다. 우령은 하얀이의 목덜미를 쓰다듬고, 하얀이는 우령의 턱을 핥고 있습니다. 둘 다 따스한 바람과 꽃향기를 느끼는 듯 두 눈을 지그시 감은 채 행복한 미소를 짓습니다. 그 주변으로 노란 꽃 여러 송이가 둥실둥실 떠다니며 둘을 감싸고 있습니다. 바람은 하얗고 가느다란 실선으로 표현했으며, 기호 '&' 형태로 곡선을 이루어 꽃들을 흩날립니다. 꽃밭 너머로 파도가 치지 않는 잔잔한 바다와 멀리 구름 한 점 없이 맑고 푸른 하늘이 보입니다. 하늘의 정중앙에는 노란색으로 도서명 〈잃어도 이뤄냈으니까〉가, 그 아래 차례로 저자명 〈허우령 에세이〉, 점자 도서명이 위치해 있습니다. 바다 수면 위로는 앞으로 행복한 일만 생길 것이라는 듯 햇빛이 아름답게 반짝이고 있습니다. 제목의 의미와 같이 잃어도 이뤄 내려고 노력해 온 우령의 밝고 긍정적인 삶의 태도를 담고 있는 표지입니다.

잃어도 이뤄냈으니까

PROLOGUE

'잃었다.' 이 한 문장에서 비롯된 수많은 이야기는 가지를 치며 뻗어 나갔다. 그중에는 부러진 가지도, 꽃봉오리를 맺은 가지도, 새롭게 뻗어 나갈 준비를 하는 가지도 있을 것이다. 이 책은 자신만의 가지를 꿋꿋하게 키워 내려는 이들, 앙상하게만 느껴졌던 '나'라는 존재를 풍성하게 이뤄 내려는 이들에게 닿길 바라는 마음으로 쓴 첫 에세이이다.

14살에 시력을 잃었다. 숨이 턱 막히는 기분이라는 것을 그때 제대로 느꼈다. 한동안은 숨이 뱉어지지 않았다. 무엇을 그리 꾹 참고 있는 것인지 한번 크게 들이쉬면 살 수 있을 텐데 어렵게 어렵게 세상을 사는 기분이었다. 긴장과 불안으로 대부분의 날들을 보냈다. 고르게 숨을 쉬기 위해선, 평범하게 하루를 살기 위해선 방법을 찾아야 했다.

'잃어버린 걸 채워야 해.'

이미 사라진 시력을 되찾을 순 없지만 그 빈 자리를 메울 수는 있으니까. 그것이 바로 이 책에서 계속 강조할 자신만의 방법으로 '이뤄 내는 일'이다.

27살이 된 지금은 웃으면서 말하고 다닌다.

"시력을 잃어서 이뤄 낸 것도 많아요."

내가 긍정 파워로 뭉친 사람이라서 그럴 수도 있다. 성향이 낙천적이라서 그럴지도 모른다. 그러나 이것 하나만은 기억해 주기를 바란다. 이렇게 활짝 웃기까지 나도 그만큼 고민하고 아파하는 좌절의 시기를 겪은 사람이라는 것을. 시각 장애를 갖고 평범하게 사는 건 불가능하다 여겨 숨죽이며 지내던 때도 있었다. 그렇게 시간을 의미 없이 흘려보냈다. 그러다 문득 들숨 날숨을 자유롭게 쉴 수 있는 세상에 스며들고 싶다는 생각이 일었다.

2019년 겨울, 나는 세상에 나라는 사람을 드러내고자 첫 번째 가지를 뻗었다. 〈우령의 유디오〉라는 유튜브 채널을 개설해 오직 내 이름으로, 내 방식으로 살아가는 나의 이야기를 풀었다. 닮음과 다름 사이를 유영하며 서서히 메워지고 있는 삶을 진솔하게 보여 줬다. 부당한 시선과 상황에 부딪히기도, 내면의 갈등에 부러지기도, 누구나 꾸는 꿈에 도전하기도 하는 다채로운 나만의 모습을 세상에 보였다. 그 과정을 통과해 나를 지키고 나를 위해 살아가는 방법을 하나씩 터득할 수 있었다.

"시각 장애인을 그림으로 그려 볼래요?"라고 하면 그림 속 그들의 눈은 공허하게 칠해진다. 사람들의 의식에 각인된 그 형상을 나는 과감하게 구기고 싶다. 그동안 내 두 눈에는 무채색이 아닌 반짝이는 생기와 찬란함을 더 많이 담아 왔다고 당당히 말할 수 있기에. 이 책이 그 흔적이 되어 줄 거라 믿는다. 나를 더 빛나게 해 준 사람들과 내면의 목소리, 스스로에게 전하는 다정하면서도 따끔한 말들을 모두 이곳에 써 내렸다. 유튜버로서, 아나운서로서 지금까지 말을 매개로 다가갔다면, 이번에는 내 안 깊숙이 웅크리고 있던 이야기와 문장을 글로 펼쳐 보고자 한다.

절절한 극복 서사나 웅장한 영웅 서사 같은 건 없다. 소설 속 특별한 여주인공이 되고 싶어서가 아닌 평범하게 누구나 하는 것을 즐기고 싶은 아주 작은 욕망에서부터 비롯된 것들이기 때문이다. 아등바등 잘 살기 위해 끊임없이 허우적대는 나, 그 낯선 몸부림이 어느새 몸에 익어 능동적으로 제어할 힘이 된 것뿐이란 사실을 기억해 주면 좋겠다. 그것은 곧 유연함을 지닌 '주체적인 나를 만드는 방법'이 될 것이니까.

숨을 고르게 쉬기 위해, 원하는 방향으로 가지를 뻗기 위해, 잃었다고 결코 끝이 아니라는 것을 독자분들께 들려주고 싶다. 그래서 이 책은 겨울을 지나 무수한 것을 새로이 이뤄 내는 봄에 피워 내고 싶었다. 당신과 나의 성장이 더 활짝 피어나길 바라며….

2024년 5월 허우령 올림

CONTENTS

PART 02.

헤맴 끝에 갈피를 잡다

PART 03.

관계가 쌓여 깊이를 채우다

PART 01

·

걸음이 모여 길이 되었다

안개는 질을수록 좋다

매일 아침 7시 30분, 내가 하루를 시작하는 시간이었다. 가방을 들고 "학교 다녀오겠습니다!"라는 인사를 하며 집 밖을 나서면 2차선 도로 위에 자욱한 안개가 깔려 있었다. 희뿌연 안개에 휩싸여 등굣길을 걷다가 이런 생각을 하곤 했다.

'오늘은 날씨가 맑겠군.'

우리 할아버지는 내게 이런 말씀을 하셨다. 안개가 짙을수록 그날은 따뜻하고 화창한 날이라고. 할아버지의 말씀은 용한 점쟁이의 말처럼, 혹은 유능한 기상 캐스터의 보도처럼 대부분은 맞았다. 그래서 나는 안개 낀 아침을 좋아했다. 그런 내게 더는 안개 낀 하늘이 반갑지 않은 날이 찾아왔다.

초등학교 6학년 겨울 방학, 아직도 생생하게 기억난다. 단 하룻밤 사이에 나는 시각 장애인이 됐다. 그 어떤 이유도 영문도 몰랐다. 사고를 당한 것도 아니다. 분명 전날까지 친구, 동생들과 늘 그랬듯 평범한 하루를 보냈다. 그런데 아침에 눈을 떠 보니 그 앞은 짙은 안개가 내려앉은 듯 희뿌연 모습을 하고 있었다. 두 눈이 모두 실명했다는 걸 깨닫자마자 순식간에 불안이 밀려왔다. 나는 앞으로 어떻게 되는 걸까? 앞이 보이지 않는다고 가족들에게는 어떻게 말해야 할까? 나는 왜 이렇게 됐을까? 온갖 생각이 머릿속을 가득 채웠고 그제야 울음을 터트렸다.

부모님도 할머니, 할아버지도 나의 실명이 믿기지 않는 건 마찬가지였나보다. 하루아침에 가족들의 얼굴도, 심지어 내 얼굴도 보이지 않는다는 게 허무하면서도 당혹스러웠다. 그렇게 14살, 갑작스러운 병원 생활이 시작되었다. 내 눈앞은 회색빛 안개로 희뿌옇게 물들어 있었고 무언가를 보려고 하면 그 안개는 더욱 짙게 내려앉았다. 내가 어디로 가는지, 코앞에 무엇이 있는지, 이 안개는 대체 언제 걷히는지. 그 무엇도 답을 얻지 못한 채 혼자 텅 빈 길을 걷는 것만 같았다.

의사 선생님은 내가 다시 볼 수 있을지 판단하기가 어렵다고 했다. 그 말을 듣는 순간 이런 생각이 들었다. 난 하늘 보는 걸 좋아하는 데 더 이상 그 푸른 하늘을 볼 수 없겠구나. 형형색색의 나무와 민들레, 눈앞에 놓인 어떤 것, 그리고 사랑하는 이들의 얼굴을 이제는 볼 수 없겠구나.

그러나 안개는 짙으면 짙을수록 좋다. 왜냐하면 그 안개는 언젠가 반드시 걷히고, 그 뒤엔 더 화창한 날이 기다리고 있으니.

내 인생도 그렇다. 시각 장애를 갖게 된 후, 솔직히 1년 가까이는 아무것도 하지 않았다. 처음 실명했던 순간은 모든 게 힘들었기 때문이다. 몇 번의 재발로 시력이 더 나빠지기도 했기에 병원과 집에서 대부분의 시간을 보냈다. 내가 혼자서 해 왔던 전부가 무너졌기에 더더욱 스스로를 초라하다 여겼다. 병원에 있는 동안 나는 마치 어린아이가 된 듯 모든 생활을 다른 사람의 도움으로 해냈다. 밥을 먹는 일부터 화장실을 찾아가는 일, 심지어 씻고 옷을 입는 일까지 무엇하나 누구의 손길이 닿지 않을 수 없었다.

그러다 눈앞을 가로막은 안개가 서서히 걷히기 시작한 때가 있었다. 바로 내가 나의 장애에 익숙해지고, 시각 장애인으로 살아가는 나만의 방법을 하나씩 터득해 나가면서부터였다. 장애가 있다고 모든 일에 꼭 도움받아야 하는 건 아니었다. 혼자 할 수 있는 일은 존재했다. 보이지 않으면 보이지 않는 대로 나만의 방법을 찾아갔다. 내 눈은 여전히 잘 보이지 않지만 시각 장애가 생겼다고 인생 전체가 암울할 필요는 없다는 걸 깨달은 것이다.

누군가는 장애를 '극복'해야 한다고 말한다. 나도 처음에는 그런 말을 들었다. 시각 장애를 극복하면 예전처럼 다시 앞을 볼 수 있을 거라고. 나 스스로도 극복에 대한 희망을 품고 있었다. 한순간 자고 일어나서 보이지 않게 됐으니, 또 어느 순간 눈을 뜨면 아무 일도 없던 것처럼 짠 하고 보였으면 좋겠다고. 하지만 여전히 이런 생각을 했더라면 나는 지금까지 무엇도 볼 수 없는 짙은 안개 속을 방황하고 있었을 게 분명하다.

1년을 빼곡히 채운 병원 생활을 끝으로 나는 새로운 공간에 새로운 마음으로 발을 디디게 되었다. 그리고 새로운 사람들과 함께 색다른 경험의 기회를 얻게 됐다. 그러면서 내가 명확히 알게 된 부분이 있다면, 바로 장애는 '극복'이 아닌 '인정'이라는 것. 그 안에서 나에게 맞는 방법을 모색하면 된다는 것이다. 그걸 알아차렸을 때 내 앞을 막아서는 두려움과 막막함, 불안함이라는 거대한 벽이 사그라들었다. 새로운 가능성과 수많은 기회의 맑은 아침은 이처럼 분명히 누구에게나 존재한다.

오늘 올려다본 하늘을 기억하시나요?

우리 인생과 하늘은 닮은 점이 참 많아요. 멈추지 않을 것 같은 비 때문에 우울한 순간이 찾아오기도 하고, 구름 한 점 없는 하늘을 보고 괜히 기분 좋아지는 날도 있죠.

안개는 결국 걷혀요. 평생 내릴 것 같던 비도 그쳐요. 맑은 하늘에 천둥도 치고, 이후 아름다운 무지개를 발견하는 게 인생입니다. 그러니 오늘 마주한 하늘이 흐리다고 너무 슬퍼 말았으면 해요.

불확실한 미래여도 알고 싶어서

응급 환자는 보통 가장 가까이 위치한 응급실로 가는 게 맞다. 그러나 나는 장장 5시간이나 걸리는 경기도 고양시에 있는 응급실로 향했다. 앞이 보이지 않는다는 나의 말에 엄마는 곧바로 담당 의사에게 전화했다. 떨리는 엄마의 목소리는 이불 속에 파묻혀 있던 내 귀에도 생생하게 들렸다. 의사는 당장 병원으로 올 것을 제안했고 전라도에서 경기도로 이동하는 대장정이 시작됐다.

이른 새벽부터 차에 오른 나는 차 뒷자리에 몸을 뉘었다. 항상 정기 검진을 위해서만 오갔던 병원에 응급 환자로 간다는 게 무슨 일인가 싶었다. 앞 좌석에 앉은 부모님은 어떤 생각을 하고 있을까? 아마 "나 잘 보이니까 집으로 돌아가자."라는 나의 말이 간절하지 않았을까. 차를 타고 가는 내내 부모님은 "지금은 눈 어때?"라는 질문만 몇 번이고 반복했다. 그러나 응급실에 도착할 때까지 내 입에서 기대에 부응하는 말이 나올 일은 없었다. 계속 눈을 문질러도 보이는 건 없었다. 차 창문은 겨울의 차가운 공기를 맞아 뿌옇게 덮여 있었다. 동생들과 아침 일찍 아빠 차에 탈 일이 있으면 우리는 손으로 김이 서린 창문에 낙서하기도 했고 깨끗하게 문질러 김에 가려졌던 바깥세상을 보기도 했다. 이번에도 창문을 문지르면 세상이 보일까 했으나 이건 그런 문제가 아니었다. 촉촉한 창문에 손자국을 남기며 한 번 쓸었지만 바깥은 여전히 불투명했다. 잡힐 듯 잡히지 않는 간격을 유지하며 달리는 앞차의 번호판도 보이지 않았고 빠르게 변하는 고속도로 풍경도 정지 상태였다. 그리고 그날 처음으로 휴게소의 남녀 화장실을 구별하지 못했는데, 그 상황이 참 낯설게 느껴졌다.

겨우 도착한 응급실에서도 달라지는 건 없었다. 날이 밝기까지 별 효과 없는 링거를 손에 꽂고 병원 천장만 응시하는 시간이 길게 이어졌다. 처방을 받지도 입원하지도 못하는 상황이었다. 누군가 심하게 다쳤는지 고통에 찬 신음은 끊이지 않았고, 분주한 걸음 소리와 삐- 울리는 기계음이 사방에서 난무했다. 이런 응급실에 겉보기에 멀쩡한 내가 있어도 되는가 싶었다. 그런 상황에서 잠이 올 리 없었고 그렇다고 뭘 먹을 수도 없어 허무하게 오전 시간을 날렸다.

해가 뜬 아침, 드디어 내 앞에 익숙한 남자가 나타났다. 난 그의 얼굴을 알고 있다. 선한 눈매에 얇은 테 안경을 쓰고 이마가 훤한 그는 내가 12살 때부터 마주한 남자였다. 오른쪽 눈을 실명하고 남은 왼쪽 시력까지 떨어질 즈음, 엄마는 그 이유를 찾으려 서울에 있는 모든 병원을 돌아다녔다. 그때부터 병원 노이로제가 시작됐다. 나주에 있는 작은 시골 안과에서 전남대 병원으로, 그리고 연세 세브란스 병원과 서울대 병원까지 전부 두드렸지만 병명을 아는 곳은 없었다. 어린 나는 이때 처음 병원에 불신을 품었다.

어떤 병원이든 받아야 할 검사는 똑같았다. 망원경 같은 곳에 눈을 번갈아 대면 훅 바람을 쏘기도 했고, 푸른 하늘과 초원 위에 놓인 집 그림을 갈아 끼우며 어떤 게 잘 보이는지 묻기도 했다. 당연히 오른쪽 눈으로는 아무것도 볼 수 없었다. 피는 또 얼마나 뽑았는지 꽂혔던 바늘의 수를 세기도 어려웠다. 이제는 어느 병원의 간호사가 가장 빠르고 덜 아프게 피를 뽑는지도 안다. 비슷한 검사를 끝내고 의사와의 상담이 시작되면 다들 하나같이 이렇게 말했다.

"왜 나빠졌는지 잘 모르겠네요."

이 말을 들으려고 엄마와 내가 무수히 많은 시간과 돈을 들인 게 아닌데 말이다. 그러던 중 마지막으로 찾아간 서울대 병원에서는 조금 다른 말을 듣게 됐다.

"아무래도 시신경 쪽에 문제가 있는 것 같은데 일산에 신경 전문으로 파견된 교수님이 계십니다. 그쪽으로 연결해 드릴 테니까 한번 가 보시죠."

이건 희망일까, 아니면 또 다른 헛걸음일까? 그곳에서도 피를 뽑고 기계에 눈을 가져다 대고 머리에 찐득한 스티커를 붙인 채 모니터를 들여다봤다. 이 병원이 다른 곳과 조금 달랐던 건 한 가지 검사를 더 했다는 점이다. 병원 침대 위에 몸을 둥그렇게 말아 새우등 자세로 누웠다. 가지런히 세워져 있던 척추가 곡선을 따라 울룩불룩 형태를 드러냈다. 그곳에 흔히 볼 수 없는 엄청 두꺼운 바늘을 갖다 대었다. 작디작은 아이의 몸에 차마 꽂을 엄두도 나지 않는 주삿바늘을 척수에 꽂았다. 그 모습을 본 사람은 너무 아프지 않을까 싶어 오래 지켜보기 어려웠다고 했다. 모든 검사를 마친 후, 일산 국립암센터의 의사는 우리 모녀에게 처음으로 실명 원인을 말해 주었다. 그 의사는 다시 내 눈을 바라봤다. 손을 흔들기도, 불빛을 눈 가까이 비추기도 했다.

"일단 입원합시다. 빈 병실 나오면 바로 이동하죠."

앞으로 이곳에선 어떤 치료가 시작될지, 당장에 부모님의 직장은 어떻게 할 것인지, 곧 겨울 방학이 끝나는데 학교는 어떻게 해야 하는지 등 여러 걱정이 나를 어지럽게 했다. 입원이 확정되자 엄마는 집에서 기다리고 있을 할아버지와 할머니, 동생들에게 전화했다.

"조금 더 있다가 갈게요."

하루 종일 바늘이 박혀 있던 손등이 욱신거렸다. 분명 이 부위에 멍이 들 게 확실했다. 병실을 옮기니 응급실과는 다른 공기가 깔려 있었다. 간호사는 손등의 링거를 제거했다. 드디어 손에 자유가 찾아온 줄 알았으나 지혈을 위한 5분의 쉬는 시간이었다. 더 튼튼하게 생긴 바늘이 자국 난 손등 위로 꽂혔다.

앞으로 진행될 치료와 그 결과에 대해서는 누구도 확신할 수 없었다. 병명조차 확실치 않았으니까. 국립암센터 교수님은 내 실명 원인을 파악하는데 가장 근접한 사람이었다. 다발성 경화증인지 시신경척수염인지 여러 추측이 난무했다. 그렇게 2011년 겨울, 불확실 속에서 유일하게 내 병을 아는 듯한 의사에게 약간 애매한 희망을 품었다.

누군가의 뒷모습이 이토록 애잔할 수 있을까. 불확실한 희망을 잡았다는 건 이미 알고 있었다. 희망보다 불확실한 미래를 어떻게 살아 내야 할지, 그걸 더 간절히 알고 싶었다.

보잘것없는 사람의 용기

매번 수십 알 정도의 스테로이드제를 꾸역꾸역 삼켜 가며 시력이 회복되길 기다렸다. 하지만 병원에 입원한 지 2주째에 접어들어도 앞은 여전히 뿌연 연기에 뒤덮여 있었다. 결국 의사 선생님은 그다음 단계의 치료법을 제시했다. 바로 '혈장 교환술'이라 불리는 치료다. 내 혈장에 존재하는 질병 유발 항체를 정화하거나 결핍된 물질을 보충하는 치료법이다.

하지만 나는 그 어떤 방법보다도 이 방법을 가장 싫어했다. 혈장을 교환하기 위해 오른쪽 가슴 위에 통로 같은 관을 꽂아야 했기 때문이다. 의사 선생님은 큰 수술이 아닌 시술이라 말하며 걱정을 덜어 주려고 했지만, 가슴에 구멍을 뚫어야 한다는 말 자체가 나를 두렵게 만들었다. 그러나 선택의 여지 따윈 없었다. 엄마는 무슨 치료든 해야 한다는 간절함이 있었고 이 모든 게 낯설고 어려웠던 나는 어른들의 판단에 맡겨졌으니까. 어린아이였던 내가 할 수 있는 건 씩씩하게 웃는 것뿐이었다.

시술 전날, 간호사 한 분이 시술 동의서를 들고 와서 엄마에게 하는 설명을 들었다. '사망에 이를 경우 병원 측에서는 책임지지 않는다.'라는 문장이 귀에 들렸을 때 어린 나는 처음으로 죽음을 생각했다.

'어쩌면 오늘이 엄마를 보는 마지막 날일 수도 있겠구나.'

나와 같은 생각을 했는지 엄마는 간호사에게 연신 "죽어요? 왜 책임을 안 져요? 정말 죽을 수도 있는 거예요?"라는 질문을 되풀이했다. 간호사는 시술이라 그럴 일은 거의 없고 절차라서 사인받는 거라고 대답했으나 그 서류의 무게는 무거웠다.

시술 당일이 되자 몇몇 간호사들은 긴장을 풀어 주려 장난도 치고 손도 잡아 주었다. 나 또한 그에 응답하듯 미소 지었다. 사실은 나 자신에게 별거 아닐 거라 말해 주려고 했던 게 컸다. 굳이 긴장한 티를 내서 주변 사람들에게 좋을 건 없다고 여겼기 때문일지도 모르겠다. 그렇게 스스로 평정심을 불어넣는데, 너무 오버하는 게 아닐까 싶은 상황이 생겼다. 나는 눈만 안 보일 뿐인데 시술실까지 이동용 침대에 누워 이송된다는 것이다. 이러니 정말 수술하러 가는 기분이었다. 멀뚱멀뚱 눈만 끔뻑이며 침대 바퀴가 이끄는 대로 끌려갔다. 이거 드라마에서만 보던 장면 아닌가? 혼자서 별 의미 없는 생각 중이었는데 엄마는 불안을 감추지 못하고 내 손만 쥐었다 폈다. 그런 엄마를 대기실에 두고 시술실 안으로 들어갔다. 손은 잊지 않고 야무지게 흔들어 주었다. 그때까지도 나는 아무렇지 않은 척하고 있었다. 그럴 수 있었던 제일 큰 이유는 시술이란 걸 한 번도 해 본 적이 없었기 때문이다. 괜찮은 척, 무섭지 않은 척, 용감한 척할 수 있었다. 시술 직전까지는 어떤 고통이 나에게 닥쳐올 것인지 전혀 예상하지 못했으니까.

그러나 10~20분이면 끝날 거라던 시술이 길어졌다. 당시 시술실 상황은 이랬다. 이송용 침대에서 옮겨져 시술대에 오른 나는 가슴 윗부분만 구멍 뚫린 천을 뒤집어썼다. 소독을 하고 모든 준비를 끝냈는데 시술실에 들어온 의사가 나와 시술 도구를 번갈아 보고서는 다른 이들에게 호통쳤다. 내 몸에 꽂아야 하는 관 중 하나를 잘못 가져온 듯했다. 그 상태로 시술은 시작도 못 하고 꼼짝없이 누워 있었다. 뚫린 천 사이로 시술실의 차가운 공기가 피부에 직접 닿았다. 어서 끝났으면 좋겠다는 생각만 가득했는데 기다리는 시간이 길어지니 불안함도 커졌다.

그래서였을까, 마취 주사를 맞는 순간부터 눈물이 그렁그렁 맺혔다. 그리고 본격적으로 가슴 위에 관을 꽂으면서 두려움과 고통이 뒤섞인 울음이 터졌다. 부분 마취만 했기에 칼이 닿는 고통이 느껴졌고 현장에서 들리는 모든 소리가 나를 연약하게 만들었다. 그동안 지켜 왔던 용감함이, 아니 용감한 척하던 가면이 가볍게 벗겨졌다. 시술대 위의 나는 무력했고 보잘것없었다. 무서움도 잘 느꼈고 결국 공포를 이기지 못해 살면서 가장 크게, 가장 많이 울었던 듯싶다. 내 눈물을 닦아 주느라 간호사들의 손도 눈물범벅이 되었고 여기저기서 곧 끝난다는 말만 반복했다. 그러던 중 내가 참 이상하다고 생각된 건 의사의 말을 듣고 또 꿋꿋하게 웃었다는 것이다. 나의 눈물이 너무 애처로웠는지, 아니면 무서움을 덜어 주고 싶었던 건지 의사는 이렇게 말했다.

"우령이, 우령이 시술 끝나면 사진 예쁘게 찍어 줘야 하는데 펑펑 울면 못생기게 나와. 웃어야 해. 웃어요."

지금 생각하면 어처구니없고, 아파 죽겠는 사람한테 무슨 말인가 싶기도 하다. 그러나 나는 그 말에 웃었다. 울면서 웃었다. 그 순간 이런 생각이 들었다. 시술대 위에서 한없이 약하고 보잘것없던 나는 다시 웃을 용기가 있구나. 용감한 척도, 씩씩한 척도 그렇게 할 수 있는 용기가 있기에 가능했다. 그리고 정말 웃으면 괜찮아지기도 하니까.

시술을 끝내고 나와선 또다시 펑펑 울었다. 초조하게 기다리던 엄마를 보니 그간 병원에 있으면서 보인 적 없던 울음을 다 토해 냈다. 그렇게 침대에 옮겨져 병실로 올라갔다. 마취 때문에 움직일 수 없는 몸을 보며 '이래서 처음에 침대로 이동했군.'이라고 혼자 머릿속으로 중얼거리니 금세 평소의 나로 돌아갔다.

두려움과 아픔 속에서 어쩔 수 없이 무너지고 연약해지는 건 당연하다. 이후로 나는 총 4번 정도의 시술을 더 받았다. 그때마다 공포에 휩싸인 보잘것없는 나와 마주쳤지만, 곧잘 웃었고 관이 꽂힌 불편한 몸에 익숙해지는 방법을 찾았으며 그렇게 덜 아플 용기를 찾았다.

처음 시술대 위에 올랐던 날, 그렇게 나는 내가 가장 보잘것없으면서도 용감한 사람이라는 걸 알게 되었다.

가끔은 매일 웃기만 하는 내가 싫었다. 웃지 않아도 될 상황에서도 입꼬리를 끌어올리고 있었으니까.

그런데 웃으니 좋은 점도 있었다. 빠르게 털고 일어날 힘이 생긴다는 것. 우울감에 오래 빠져들지 않는다는 것.

웃음은 나뿐만 아니라 다른 이들도 웃게 만드는 밝음을 내뿜는다.

걱정 말고 인정

흰 지팡이를 잡거나 안내견과 함께 걸을 때면 생판 모르는 사람의 입에서 "어머, 시각 장애인인가 봐."라는 말을 들어야 한다. 그들의 말을 가만 듣고 있으면 의문이 생긴다. 정말 내게 들리지 않는다 생각하는 걸까. 이렇게나 또렷이 들리는데 말이다.

그러나 이건 부모님과 있을 때도 마찬가지였다. 같이 있는데 새로운 사람을 만나기라도 하면 "우리 딸이 장애가 있어서요."라고 내 소개의 서두를 열었다. 나를 표현할 많은 단어 중에 굳이 장애가 있다는 걸 못 박듯 말해야 할까? 혼자 잘 걷다가도 갑자기 그런 말로 뒤통수를 맞으면 당황스러워진다. '장애인'이라는 팻말이 꽂히면 그 순간부터는 정말 아무것도 못하는 사람이 되고 마니까. 결국 나를 소개한 엄마 뒤에 잽싸게 몸을 숨긴다. 그런 나를 보며 사람들은 "아휴, 어떡해." 같은 동정과 연민 섞인 탄식을 보낸다.

그 탄식에 어느 정도 인정하는 부분도 있었다. 장애를 갖게 된 후 혼자 할 수 있는 일이 거의 없어졌기 때문이다. 특히 병원 생활을 할 때 그런 심정을 자주 느꼈다. 매일 손등에 꽂혀 있는 링거 바늘과 아무것도 볼 수 없는 눈. 그 때문에 밥도 제대로 먹지 못했다. 반찬을 찾지 못한 젓가락은 허공을 맴돌았다. 그 모습이 안쓰러웠는지 아빠는 항상 내 숟가락 위에 반찬을 놓아 주셨다. 마치 아기 새가 된 것만 같았다. 둥지를 벗어나지 못하고 어미 새가 주는 먹이만 받아먹는 아기 새. 부모님께 나는 아픈 손가락이었다. 처음에는 부모님도 나의 장애를 사람들에게 알리지 않았다. 부끄러워서인지 아니면 부모님도 내가 느꼈던 기분을 다시 느끼는 게 싫었던 건지 알 수는 없었다. 하지만 그럴수록 내게 장애란 숨겨야 할 것, 불쌍한 것, 부끄러운 것으로 다가왔다. 특히 부모님 앞에서는 더욱 그랬다.

내가 실명했던 날, 아빠는 내 손 위에 바둑알 두 개를 올렸다. 그리고 물었다.

"뭐가 흰색 돌인 거 같아?"

알 길이 없었다. 지금은 색깔을 흐릿하게나마 구분하지만, 실명 당시에는 정말 무엇도 보이지 않았으니까. 나는 아빠의 기대와는 다른 답을 내놓았다.

"몰라."

보이지 않아도 아니, 보지 않아도 아빠의 표정이 머릿속에 그려졌다. 실망, 허탈, 괴로움 등. 이건 아마 그 충격의 잔상인지도 모르겠다. 시각 장애인이 된 지 12년이 흐른 지금까지도 아빠의 입에서 떠나지 않는 말이 있다. 나만 보면 할 말이 이것밖에 없나 싶을 정도로 하는 말. 이제는 노이로제가 걸릴 만큼 들은 말. 앞으로 언제까지 듣게 될지 모르는 말.

"아픈 데는? 시력은? 시야는?"

아빠는 나의 시력을 체크하는 기계가 된 것마냥 하루하루 똑같이 물었다.

처음에는 나도 성의껏 답해 줬다. 어떻게 보이는지, 컨디션은 어떤지, 특이점은 없는지. 책에 써진 글자를 하나라도 어렴풋이 읽으면 아빠는 세상을 다 가진 듯 기뻐했다. 그러나 시간이 흐르며 되풀이되는 아빠의 말에 슬슬 지치기 시작했다. 나는 서서히 내 장애에 익숙해지는 중이었다. 밥을 먹을 땐 시계 방향으로 반찬의 위치를 파악했고, 부모님의 손을 잡고 질질 끌려가는 조랑말이 되지 않게끔 혼자 보행하는 법도 익혔다. 점자를 배우고 공부해서 대학에 입학했다. 그렇게 나는 내 나름의 방식대로 성장하고 있었다. 하지만 부모님은 과거의 나만 바라보고 있나 보다. 물론 부모들의 자식 걱정은 끝이 없다는 걸 알고 있다. 그걸 이해하려고 해도 아직 누군가의 부모가 되어 본 적 없는 나는 오늘도 부모님께 툭툭 말을 던진다.

기억한다. 내 뒤에서 훌쩍이던 부모님의 모습을. '엄마, 아빠도 사실은 이 모든 게 처음이니까 답답하겠구나.' 가슴으론 알고 있으나 나는 잘 표현하지 않는 딸이었다. 살가운 "사랑해."라는 말 한 번 제대로 하지 않았다. 그냥 열심히 살고 있다는 것으로, 어디 가서 이젠 뒤로 숨지 않는다는 것으로, 장애를 감춰야 할 딸이 아닌 어디 내놓아도 자랑스러운 딸이 되었다는 것으로 나의 마음을 표현해 본다. 내게 가장 소중한 이들에게 그 자체로 인정받을 수 있게.

나를 가장 이해해 줬으면 하는 사람은 가장 가까이에서 모든 걸 지켜본 사람이에요. 과거와 현재의 무수한 시간을 공유하고, 미래에도 함께할 사람에게 이해받고 싶은 건 당연하잖아요.

그런데 그 당연한 일이 제일 어렵더라고요. 가깝기에 이미 이해한다 오해하고, 그래서 더 쉽게 상처 주기도 해요.

하지만 가장 가깝기에 누구보다 먼저 안아 줄 수 있는 이들도 가족이라는 걸 잊지 마세요.

굳은살이 생기기까지

어느 날, 거울에 비친 나의 오른쪽 눈을 가려 보았다.

'안 이상한데.'

손가락을 떼면 바깥쪽으로 쏠린 검은 눈동자가 드러났다. 이건 내가 가장 싫어하는, 사시였다. 오른쪽 눈의 사시가 언제부터 진행됐는지는 모른다. 크게 신경 쓰지도 않았으니까. 눈에 대한 지적을 처음 듣기 전까진 말이다.

초등학교 시절, 점심시간이 되면 계단 청소를 위해 복도로 나섰다. 아이들의 왁자지껄한 목소리와 우르르 이동하는 발걸음을 피하면서 빗자루로 바닥을 쓸었다. 그때 한 남자아이가 앞을 가로막았다.

"야 사시, 너 눈 왜 그렇게 생겼어?"

순간 속에서 뭔가 올라왔다. 그 아이의 눈을 똑바로 째려보며 "뭔 개소리야."라고 말해 주고 싶었으나 그러지 못했다. 두 눈에 눈물이 그렁그렁 맺혀 고개를 들기가 어려웠다. 그 아이는 내 정수리만 내려다보다가 조용히 떠났다. 그 후, 나를 '사시', '눈깔 병신'이라고 부르는 애들이 늘어나기 시작했다. 아무 생각 없이 뱉은 말이라기엔 내가 감당할 날 선 말의 무게가 너무 무거웠다. 자연스럽게 고개는 밑으로 떨궈졌다. 사람들과 눈을 마주하고 싶지 않았다. 분명 상대방을 똑바로 보고 있는데도 어딜 쳐다보냐는 말을 듣게 될까 봐. '사시'라는 단어도 아이들의 입을 통해 처음 알았다. 뜻도 모르는 단어였지만 나를 놀린다는 건 확실했기에 불쾌했다. 그리고 그 뜻을 알고서는 이미 나 또한 오른쪽 눈을 신경 쓰고 있었다. '앞머리로 가릴까.', '눈을 감고 다닐까.' 어느 순간부터 오른쪽 눈은 가리고 숨겨야 할 단점이 되었다.

만약 타임머신이란 게 존재한다면 나는 이때로 돌아가고 싶다. 나의 눈을, 외모를 가장 큰 단점이라고 생각했던 어린 우렁이를 만나러. 그리고 꽉 껴안으며 말해 주고 싶다. 너의 잘못은 없다고. 그러니 기죽을 필요 없다고. 사시라는 단어가 상처로 남지 않았다는 건 아니다. 그 상처가 아물고 다시 찢기기를 반복하면서 덜 아파졌을 뿐이니까. 지금은 내 외모에 함부로 손가락질하는 이들에게 똑바로 눈을 맞추며 가소롭다는 듯 웃음까지 날려 주고 있다. 남에게 상처 주고 함부로 입을 놀리는 그 사람 자체가 단점 덩어리이니까.

그러나 세상에 아프지 않은 상처는 없다. 당연히 생채기가 나면 쓰리고 따갑다. 아프면서 성장한다는 말이 있지만 그래도 할 수 있다면 덜 아픈 게 좋으니까. 누군가의 비난과 놀림으로 상처받은 이들에게 고개 숙이지 않아도 된다고 따스한 말을 건네고 싶다. 사실 어린 나는 그 한마디가 듣고 싶었다. 스스로 감추기를 결심한다면 그건 정말 단점으로 남게 될 테니까. 그 부분을 내가 직접 단정 짓는 현실처럼 아픈 건 없다. 그래서 지금의 나는 거울 앞에서 말한다.

"안 이상해."

오히려 좋은 세상을 눈에 많이 담아 준 어린 나에게 고맙다고 전한다. 예쁜 하늘을 항상 봐 줘서, 젊은 날의 부모님을 봐 줘서, 거울 속 나를 가리지 않아 줘서. 고개 숙이지 않고 내가 직면한 모든 풍경 덕분에 이만큼 성장할 수 있었다고 말해 주고 싶다.

과거의 상처를 잘 알고, 어디에 깊은 생채기가 났는지 아는 건 바로 나잖아요. 그게 아물고 찢기길 반복하면서 나는 덜 아픈 어른으로 성장했고, 더 강한 내면을 가지게 됐죠.

그런데 그거 아시나요? 내 상처와 강인함을 껴안고 있던 건 그 시간을 함께 보낸 어린 날의 나라는 것을. 더 강한 어린 내가 어른인 나를 안아 주고 있던 거예요.

너무 좋아해서
다가가지
못했어

병원에 있는 동안 그리운 게 있었다. 바로 사람, 정확히 말하면 친구였다. 병동에 입원해 있으면서 나는 또래 아이들을 한 번도 만난 적이 없었다. 그럴 만도 한 게 나는 소아 병동이 아닌 성인 병동에 입원해 있었기 때문이다. 시신경 병실이 따로 없던 탓에 위암과 유방암 병실을 오가며 입원 생활을 했다. 내심 속으로는 '소아 병동에 입원시켜 주지.'라는 생각이 들면서도 암으로 아파하는 아이들의 모습을 보고 싶지 않다는 부모님의 마음도 어느 정도 이해되기는 했다. 그래서 나는 성인 병동에서 유일하게 알록달록한 어린이용 환자복을 입은 사람이 되었다.

성인 병동에서는 나 혼자 아이였기에 어른들의 예쁨을 한 몸에 받았다. 같은 병실에 계시는 아주머니들께서도 내게 꼭 먹을거리 하나를 손에 쥐여 주고 간호사와 의사 선생님, 심지어 청소 미화원분들까지 나를 보면 반갑게 인사해 주셨다. 그중엔 안타까운 마음으로 바라보는 시선도 종종 섞여 있었다. 그렇게 동정과 애정이 섞인 사랑을 받으면서도 마음 한편은 외로웠다. 매일같이 병문안 온 사람들로 붐비는 병실에 나를 찾아와 준 사람은 없었기 때문이다. 왔다고 해도 친척 오빠와 이모 정도였다. 친구들의 병문안을 기대하진 않았으나 기다리고는 있었다. 항상 뉴스 채널에 고정된 TV, 놀거리 하나 없는 병원, 깔깔 웃으며 대화해 줄 사람조차 없는 이곳에서 나는 외롭게 버티고 있었다. 그렇게 친구들을 그리워했지만, 알고 있었다. 누구도 나를 찾아오지 않을 거라는 사실을.

실명하고 병원에 입원한 순간부터 나는 고립된 거나 마찬가지였다. 핸드폰 화면이 보이지 않아 혼자선 전화도 문자도 할 수 없었다. 하지만 가끔은 벽돌 같던 핸드폰이 요란하게 울릴 때가 있었다. 입원 생활이 길어져 학교에 오지 않는 내게 반 친구들이 걸어온 전화였다.

"우령아, 어디 아파? 왜 학교 안 와? 어디 다쳤어?"

친구들의 걱정 어린 물음, 몇몇 아이들에게서 느껴지는 단순한 호기심에 나는 말을 길게 하지 않았다.

"어, 그냥 좀 아파서 입원했어."

나는 간단한 말만 하고 전화를 끊었다. 그토록 기다리던 친구들의 연락이었는데 기쁨보다는 의문이 들었다. 친구들은 왜 내가 아프다고 생각했을까? 부모님은 나의 장애를 학교에 말하지 않은 걸까? 아니면 선생님이 아이들에게 말하지 않은 걸까? 그것도 아니면 내가 말하고 싶지 않았던 게 아닐까. 나는 끝까지 시각 장애인이 되었다는 소식을 전하지 않았다. 나의 기억 속 장애인은 불쌍하고 불행한 존재였기 때문에. 이제 내가 그런 존재라는 건 감추고 싶은 사실이었다. 솔직히 말해 나뿐만은 아니었을 것이다. 부모님도, 선생님도, 그 누구도 나의 장애를 언급하지 않았다. 그래서 나는 더 감춰야 한다고 생각했다.

장애인이 됐다고 좋아해 줄 사람은 없을 게 분명하다고 생각했다. 그리고 이 사실을 솔직히 말했을 때 친구들은 어떤 반응을 보일지 알고 싶었다. 나를 피하지 않을까? 다른 세상 사람처럼 쳐다보지 않을까? 여기서 더 외톨이가 되면 어떡하지? 너무 그립고 보고 싶은 친구들이었지만 현실적인 걱정이 앞선 나는 더 이상 그들에게 다가가지 않았다. 장애인이 되었다는 사실 하나만으로 여태 쌓아 온 나의 인간관계가 깨져 버릴 것만 같았다.

내가 입원해 있던 병원에서도 그랬다. 병원 사람들이 나를 보며 뱉은 안타까운 말들, 때때로 들리는 부모님의 슬픈 목소리가 나를 더욱 작아지게 만들었다. 이 아이가 앞으로 어떻게 살아갈지, 다시 앞을 볼 수 있는 건지 등등 모든 사람이 근심 가득

한 눈빛을 보냈다. 앞으로 어떻게 살고, 누구를 만나고, 무엇을 할 수 있을지 14살 어린 나는 스스로에게 많은 질문을 던졌다.

좋아해서 두려울 때가 있잖아요. 그때는 놓치고 싶지 않은 마음에 차마 입을 뗄 수가 없더라고요. 돌이켜 보면 좋아하니까 그들에게 먼저 알려 줘야 했어요. 그래야 내 곁에도 진심으로 나를 좋아해 줄 사람들만 남을 테니까요.

나는 여전히 나였다

그렇게 가족 이외에는 모든 사람과 연락이 끊어졌다. 물론 학교도 가지 않았는데 정확히 말하면 학교에 갈 수가 없었기 때문이다. 사람을 만나지 않은 시간이 반년이나 흐르고, 엄마는 나를 다시 학교로 보내기 위해 준비했다. 병원에 있지 않았더라면 입학했을 중학교를 찾아갔다. 거의 6개월이란 시간 만에 나는 처음 학교 복도를 걸어 보았다. 하지만 엄마의 기대와는 달리 중학교 선생님은 나의 입학이 어려울 거라는 이야기를 전했다.

"지금은 벌써 한 학기가 끝나서 중간에 들어올 수 없고요. 지금 우령양 시력이면 일반 학급이 아니라 특수 학급에 들어가야 해요. 그런데 거긴 일반 교육 과정을 안 하는데."

사실 그 말이 별로 충격적이지는 않았다. 괜히 나와 맞지 않는 학교에서 애들과 어울리지 못할 바에는 가지 않는 게 나았으니까. 이미 그 학교에는 내가 원래 알던 애들도 있었고, 그 사이에서 내가 큰 병에 걸렸다는 추측성 소문이 도는 것 또한 알고 있었다. 그렇게 집 안에서의 생활을 이어 가던 중, 한 친구와 연락이 닿았다.

"우령이 잘 지내? 나 혜인이야. 오랜만이야."

여전히 밝고 힘찬 목소리가 전화기 너머로 들렸다. 나와 9살 때 처음 만나 6학년이 되어 단짝을 약속한 친구였다. 오랜만에 통화하며 혜인이의 중학교 생활을 들었다. 듣는 내내 다시금 혜인이를 만나고 싶다는 생각이 피어올랐다. 나는 전화기 너머 혜인이에게 내가 실명했다는 사실을 알리지 않았다. 이런 상태로 만나도 괜찮을까? 그런 생각을 하면서도 한편으로는 말하고 싶은 심정이 굴뚝같기도 했다. 물론 걱정되는 마음이 가시지 않았지만 만나고 싶다는 마음이 더 컸다. 그렇게 키가 훌쩍 자라서 중학교 하복을 입은 혜인이가 우리 집 앞으로 찾아왔다.

"우령아!"

"혜인아!"

서로의 손을 잡고 흔들며 우리는 골목 한 귀퉁이에서 대화를 나눴다. 중학교 수업은 어떤지, 친구는 많이 사귀었는지, 6학년 졸업식은 어떻게 했는지 등 서로가 모르던 공백 기간을 채웠다. 어느 순간 나는 여느 14살 아이처럼 떠들고 있었다. 역시 친구랑 있는 시간은 즐거웠고 그랬기에 훌쩍 지나갔다. 시간이 얼마나 지났는지 하늘에 붉은 노을이 졌다. 곧 헤어질 시간이라는 걸 알려 주기라도 하듯이. 수많은 이야기가 오고 갔지만, 여전히 지금의 내가 어떤 상태인지를 내뱉지 못했다.

'내가 솔직하게 말해도 놀라지 않을까? 이상하게 보지 않을까? 계속 친구가 될 수 있을까?'

갈등이 깊어지는 머릿속에서 결국 하나를 선택했다. 솔직하게 털어놓는다는 선택지가 최선이었다. 사실 난 지금 혜인이 네 얼굴이 잘 보이지 않는다고. 겨울 방학 때 갑자기 사라진 건 아파서가 아니라 눈이 보이지 않아서라고. 우리가 만나 놀았던 다음 날 시력을 잃었다고. 내가 시력을 모두 잃기 전 마지막에 본 아이도, 실명 후 처음으로 본 아이도 혜인이였다.

과연 이 말을 들은 혜인이는 어떤 반응을 보일까? 이미 내 입을 떠난 진실은 어떻게 닿았을까. 짧은 침묵의 시간이 우리를 감쌌고, 혜인이의 입에서는 "말해 줘서 고마워."라는 답이 나왔다. 그러고는 내 마음에 오랫동안 남은, 나를 바뀌게 만든 말을 꺼냈다.

"내가 알던 우령이는 그대로인걸. 우령이는 여전히 우령이잖아."

혜인이는 있는 그대로의 나를 봐 준 아이였다. 그 아이가 건넨 한마디가 움츠려 있던 나를 진심으로 웃게 해 주었다. 나를 믿어 주는 사람, 어떤 모습이든 그대로를 봐 주는 사람. 그런 사람이 내 곁에 있다. 어느덧 우리는 18년이라는 세월 동안 함께하고 있다. 초등학교부터 대학교, 연애와 취업을 준비하는 모든 과정을 지켜본 친구로 말이다.

어린 시절 혜인이와 나눴던 대화를 시작으로 더는 나 스스로를 감추지도, 부끄러워하지도 않는다. 적어도 장애가 있다는 이유로 비밀을 만드는 일은 없었다. 예전에도, 지금도, 그리고 앞으로도 나는 나일 뿐이니까. 그러니 오늘도 나는 나답게 살아간다.

타인의 목소리는 크게 증폭되어 귀에 닿곤 해요. 그래서인지 쉽게 사라지지도, 잊히지도 않더라고요.

바람처럼 흘러오는 말을 전부 피하기는 어렵겠지만, 이건 잊지 마세요. 아주 작은 목소리, 내가 귀 기울여야 하는 소리는 바로 내 안에 있다는걸.

내 안의 아우성이 가장 듣기 어렵다는 것도 알아요. 나도 그랬으니까. 금방 묻힐 듯 연약하게 느껴져 집중되지 않았죠.

당신에게 가장 힘이 되는 건 당신이길 바라요. 타인의 평가에 무너지지 않고 본인에게 믿음을 주는 미세한 소리가 당신을 더 단단하게 변화시킬 테니까요.

그러니 스스로에게 힘이 될 한마디가 부디 당신 안의 떨림이기를 바라요.

나만의 방법을 터득하는 아주 작은 행동들

퇴원과 입원을 반복하던 병원 생활도 어느덧 1년 가까이 되었다. 집에 있는 시간보다 병원에 머문 시간이 더 길었던 2011년. 내 눈앞은 여전히 뿌연 안개가 내려앉아 있었다. 처음 아무것도 보이지 않는 세상에 떨어졌을 땐 모든 게 낯설었다. 밥을 먹고, 밖에 나가고, 혼자 씻는 등의 일상이 완전히 새로운 활동처럼 다가왔다. 나는 혼자서 병원 밖 아니, 복도도 나가지 못했다. 그런 내게 병실 밖 화장실을 가는 건 언제나 다른 사람의 도움을 받아야 하는 일이었다.

'보이지 않는 게 이렇게나 불편했던가? 그럼 나는 혼자서 무엇을 할 수 있지?'

오기가 생긴 나는 부모님이 자리를 비운 사이 혼자 병실을 나가 복도를 걸어 보려 했다. 주춤주춤 몸을 옮기는데 같은 병실에 있던 아주머니가 내 뒤통수에 대고 말을 걸었다.

"얘, 혼자 어디 가니?"

그 물음에 내 발목은 병실 문을 채 나가지 못하고 붙잡혔다. 결국 그날 나는 혼자 복도를 나가지 못했다. 몇 걸음 되지 않는 병원 복도 한 번 나가기 어렵다는 사실이 억울했다. 그래서 결심했다. 언제까지 누군가의 도움을 받을 수는 없었고, 나도 평생을 다른 사람들의 도움 아래 살기는 싫었다. 다음 날, 나는 혼자 할 수 있는 일을 하나씩 찾아 나가기 시작했다.

첫 번째는 밥 먹기. 오른손에 링거를 꽂아 손을 움직이기 불편한 날을 제외하곤 혼자 밥 먹는 연습을 했다. 이건 생각보다 쉬웠다. 반찬의 위치를 미리 파악하면 아무런 문제가 없었다. 지금도 마찬가지다. 사람들은 가끔 내게 식사할 때 불편함이 없는지 물어본다. 물론 혼자 먹기 불편한 음식들은 있다. 수십 개의 반찬이 나오는 요리나 불판에 구워 먹는 음식, 칼로 썰어야 하는 음식은 까다롭다. 하지만 지금은 나만의 노하우가 생겼다. 반찬의 위치는 젓가락 끝으로 그릇을 건드려 기억했고, 자주 먹을 것 같은 음식이 있다면 양해를 구하고 가까운 곳에 두었다. 때로는 시계 방향으로 음식의 위치를 알아 두기도 했다.

"2시 쪽에 계란말이. 밥그릇 바로 옆에는 미역국 있어요."

한 식판에 나오는 병원 식사는 이런 방식으로 위치를 익히는 데 아주 편리했다. 더 이상 부모님이 숟가락에 올려 주는 음식을 야금야금 받아먹지 않아도 되는 일은 정말 뿌듯했다.

두 번째는 혼자서 병원 복도 맨 끝의 큰 창문까지 가는 일이었다. 답답한 병원에서 내가 유일하게 좋아하는 공간이던 복도 끝 창문. 얼마나 좋아했냐면 하루에도 몇 번씩 부모님과 함께 그 자리로 향할 정도였다. 창밖 풍경은 보이지 않았으나 창틀을 살짝 열면 들어오는 공기가, 창문 너머 들려오는 바깥소리가 좋았다. 나는 그곳에서 30분이고 1시간이고 머물렀다. 딱히 하는 건 없었다. 그냥 창문에 기대앉아 있는 것만으로도 좋았으니까.

내가 머문 병실에서 복도 끝 창문까지는 그리 멀지 않았다. 발자국으로 따지면 한 30걸음 정도 걸린 듯하다. 나는 내 눈으로 최대한 볼 수 있는 걸 찾아 창문으로 향하는 랜드마크를 설정했다. 그 당시 볼 수 있는 거라고는 빛과 어둠뿐이었지만 주변 소리와 내 눈으로 확인할 수 있는 흐릿한 무언가에 의지해 창문을 향해 걸었다. 그렇게 혼자 창문 앞까지 다다랐을 때 왠지 모를 벅참이 몸을 감쌌다. 창문 너머로 불어오는 바람도 긴장으로 땀범벅이 된 내 마음을 시원하게 반겨 주는 것만 같았다.

누군가에게는 이런 행동이 별일 아닐 수도 있다. 정말 사소한 일이니까. 내가 이렇게 움직거리는 게 유난스럽다고 생각할 수도 있다. 하지만 내겐 이 작은 행동 하나가 자신감을 높이는 데 도움 됐다. 그러면서 시각 장애인으로 살아갈 나만의 노하우를 찾게 되었다. 처음 실명하고서는 모든 부분이 막막했다. 그래서 더더욱 아무것도 시도하지 않으려 했다. 하지만 시간이 지나면서 혼자서도 가능한 일을 찾고 싶었다.

이런 나의 이야기를 들으면 어떤 사람들은 "우와, 대단하네요! 시각 장애를 극복하고 조금씩 성장하는 모습이 너무 멋져요!"라고 말하곤 한다. 그러나 나는 이렇게 대답하고 싶다.

"극복한 건 아니에요. 저만의 방법을 찾은 거죠."

밥을 먹는 일, 길을 걷는 일 등 모든 건 내가 장애를 극복하고 이룬 게 아니라 현재 내가 처한 상황에서 나만의 익숙함을 찾은 것이다. 만약 이 행위가 극복의 장치였다면 나는 더 이상 장애로 힘들지 않아야 마땅할 테니까. 그러나 여전히 어려운 가운데에도 내가 더 편하고 안정적으로 나아가기 위한 방법을 찾은 것이다. 내 눈과 몸에 맞춰 하나하나 터득해 나갔다. 이러한 작은 시도를 기점으로 내겐 더 많은 일들이 벌어지게 되었다.

낯선 나의 몸은 불안감을 가져왔어요. 마치 긴 줄로 연결되어 혼자 움직일 수 없는 꼭두각시처럼 줄이 끊어지면 풀썩 쓰러질 것만 같았죠. 그런데 그 줄을 제가 잘라 냈습니다.

몇 번은 분명 좌절할 거예요. 혼자 해 본 적이 없는데 어떻게 처음부터 잘하겠어요? 익숙해지려면 불편한 길을 걸어야 하는 시간도 필연적으로 따라오더라고요. 피할 수 없으니까, 피하면 언제까지고 그 줄에 얽매여 있을 테니까요.

스스로 끊어 냈어요, 불안감을. 한 번 용기 낸 사람만이 다음 계단을 밟을 수 있으니까요.

언젠간
이 어둠이 걷히고

언젠가 음악을 좋아하는 친구가 나에게 물었다.

"언니는 특정 장소에 가면 생각나는 노래가 있어?"

곰곰이 생각해 봤다. 장소를 기억할 수 있는 노래라니, 그게 어떤 걸까? 학교의 교가 같은 걸까? 이것저것 떠올리다가 내 기억은 병원 생활을 막 시작했을 때로 거슬러 올라갔다. 그리고 거기서 찾았다. 지금의 나를 있게 해 준 그 노래를.

지루함으로 하루하루를 보내던 내게 엄마가 작은 선물 하나를 내밀었다. 지인분께서 병원에 있는 나를 위해 준 선물이라 했다. 상자 안에는 토끼 모양의 작은 MP3가 들어 있었다.

"우와, 귀엽다!"

그러나 감탄도 잠시, 정작 중요한 노래가 한 곡도 들어 있지 않았다. 순식간에 MP3는 자신의 기능을 상실한 예쁜 토끼 장난감으로 전락했다. 내가 찾지 않으니 토끼는 며칠간 방치됐다. 1

인용 침대를 굴러다니는 MP3를 발견한 간호사님이 구원해 주기 전까지는 말이다. 간호사님은 병원에 오는 자원봉사자 분에게 토끼 MP3를 건넸다. 그렇게 쫄쫄 굶었던 토끼의 배는 다양한 음악으로 가득 채워져 돌아왔다. 두근거리는 마음으로 MP3를 사용하려 이어폰을 귀에 꽂았다. 들려오는 수많은 노래 중, 내 귀에 꽂힌 곡이 하나 있었다. 마치 노래 가사가 나의 현실처럼 와닿는 노래였다.

언젠간 이 눈물이 멈추길
언젠간 이 어둠이 걷히고
따스한 햇살이 이 눈물을 말려 주길….

아이유의 〈Someday〉는 병원에 오면 항상 떠오르는 음악이다. 모든 가사가 절절해서 좋았지만 가장 좋아하는 가사는 바로 여기다.

기다리면 언젠가 오겠지
밤이 길어도 해는 뜨듯이

병원에 있던 몇 날 며칠의 긴 밤을 함께해 준 노래. 지루하고 고요한 병원 생활을 달래 준 노래. 때론 이 노래와 함께 기도하기도 했다. 나는 무교였으나 그냥 어떤 신이라도 들어줬으면 했다. '밤에 자고 일어나면 앞이 보이게 해 주세요.' 하지만 이 노래는 이제 기억 속에만 남은 한 조각의 음표일 뿐이다. 밤이 오고 새벽을 지나 아침이 오는 그 모든 과정은 기적이 아니다. 기도하지 않아도 당연히 오는 날. 나는 더 이상 눈을 되찾는 기적의 아침이 아닌 평범하고 당연한 내일을 살아가기 위한 시간을 받아들였다. 해는 언제나 뜨듯이 그 햇빛 아래 새로운 삶을 보내기로 마음먹었다.

나의 병원 생활을 함께해 준 토끼도 이젠 안녕. 아이유 노래도 고마웠어, 안녕.

누군가의 한마디로
한 줄 멜로디로
구원받을 수 있다.
그런 힘이 사람에게 있다는 게
놀랍도록 아름답다.

완전히 무너지기,
완벽히 무시하기

가끔 무너지고 싶을 때가 있다. 다 놓고 주저앉으면 편할 것 같은 순간이. 그러나 그런 기분이 들면 더 열심히, 바쁘게 살았다. 티 내기 싫었으니까. 내가 힘들고 아파하면 그 슬픔이 배가 될까 봐. 그냥 모든 사람이 인생을 살면 찾아오는 슬럼프, 번아웃, 무기력 등의 감정임에도 불구하고 장애를 가진 사람이 힘들어하면 더 큰 동정을 보낸다. 장애인인데 얼마나 힘들까, 얼마나 아플까, 얼마나 슬플까…. 그 말이 어깨 위에 하나둘씩 쌓일 때마다 압박감은 세졌다. 그래서 나는 스스로 다짐했다. 슬프지 않고, 울지 않고, 누구보다 잘 살 거라고.

하지만 이런 나도 시력을 잃고 얼마 지나지 않아 딱 한 번 운 적이 있다. 당시 나는 병원에 입원 중이었다. 어디도 혼자 갈 수 없고 누구도 만나지 못하니 어둠이 덮쳐 왔다. 그렇게 남몰래 벽을 보고 소리 없이 울었다. 분명 눈물을 조용히 흘려보냈는데도 엄마는 그 흐느낌을 알아챘다.

"혼자 뭐라고 말했어?"

모를 줄 알았는데 뒤에서 들리는 목소리에 흐르던 눈물을 집어삼켰다.

"아무 말도 안 했는데?"

괜히 능청스레 한마디를 던지고 이불을 머리끝까지 덮어썼다. 내가 울면 엄마의 슬픔은 배가 될 테니까. 아픈 딸이 우는 건 속상할 테니까. 속상함은 분명 내가 느끼는 것보다 더 진하게 엄마의 눈에 비칠 게 뻔했다. 그건 싫었다. 그리고 그것보다 더 싫은 건 '장애인'이라는 단어 아래 나의 행동 하나, 감정 하나가 부풀려 소비되는 일이었다. 그저 장애인이라는 이유로 모든 부분을 크게 부풀려 이야기하는 사람들의 행동이 썩 유쾌하지 않았다.

'장애인'에게는 각종 프레임이 씌워져 있다. 동정, 연민, 극복 등 다양한 서사 속에서 사람들의 입맛에 맞춰 스토리가 부여된다. 내가 항상 싱글벙글 웃으면 '장애인인데 참 밝네.'라는 말을 들었고 내가 울면 '장애인이라 힘든가 보다.'라는 말을 들어야 했다. '장애인인데 열심히 사네.', '장애인이라 우울한가 보네.', '장애인치고는 예쁘네.' 또는 '잘생겼네.' 이런 말을 듣고 있으면 도대체 사람들이 생각하는 장애인은 뭔가 싶은 의문이 생기고는 한다. '장애인인데 대단하다.'라는 말도 그렇다. 분명 장애로 인한 핸디

캡은 존재한다. 남들에 비해 몇 배는 더 노력하고 물리적인 제약으로 더 오랜 시간을 써야 할 때도 있다. 하지만 내가 해낸 사소한 일이 나의 의도와 상관 없이 거대한 장애 극복 서사와 만나 동정으로 다듬어진 한 줄로 공개되면 마냥 기분이 좋진 않다. 내가 들인 노력과 시간은 충분히 박수받고 칭찬받을 수 있지만, 그 뒤에 숨겨진 색안경을 알기에 격려의 박수는 무거운 짐으로 되돌아온다.

장애를 떠나 나도 한 명의 사람이다. 깊은 우울감에 빠지기도, 화를 내기도, 부당한 상황에서 욕을 뱉기도 한다. 세상 더없는 행복을 느끼기도 하고 성공과 열등감 사이에서 허우적거린 적도 당연히 있다. 이 모든 감정은 사람이라면 누구나 느낀다. 솔직한 감정을 누군가 인위적으로 만든 포장지 안에 감추지 말았으면 한다. '장애인인데', '장애인이라', '장애인치고는' 따위의 거추장스러운 수식어는 그대로 무시하고 싶다. 나도 남들처럼 웃고, 울고, 완전히 무너지며 다시 일어난다. 모든 감정을 있는 그대로 표현해도 괜찮은 사람이고 싶다. 장애인이란 프레임 속에 주어진 서사가 아닌 나만의 고유한 서사로 살아가는 게 진정한 인생이니까. 그러니 완전히 무너지는 걸 두려워하지 않겠다. 그리고 세상이 멋대로 정한 틀을 완벽히 무시하겠다. 나는 그저 나로 살아가기를 결심했으니까.

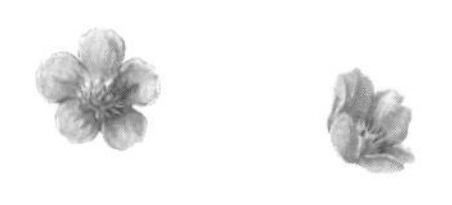

처음으로 상담을 받았어요. 스스로 감정 컨트롤을 하기가 힘들어서요. 열등감, 분노, 자괴감 등 부정이 저를 집어삼켜서요. 그때 상담사님이 이런 말씀을 하셨어요.

"그동안 억눌렀던 애들이 찾아왔나 봐요. 이 아이들을 VIP 고객처럼 생각하고 마주하세요. 넌 왜 찾아왔니? 많이 힘들었니?"

무너진 나는 그 아이들과 대화했죠. 이것도 솔직한 '나'이니까요. 그걸 깨닫자 마음이 한결 누그러졌어요. 누군가의 시선 없이 나와 내가 대화하는 시간. 앞으로도 이런 시간은 자주 찾아오겠죠.

자신이 힘들면 내가 먼저 눈치채고 들여다봤으면 좋겠어요. 다른 사람의 눈과 입을 통해 알고 싶지는 않으니까요.

14살에 신생아 탈출기

입원해 있는 동안 키가 152cm 넘게 자랐다. 몸무게도 40kg을 넘겼다. 정말 기쁜 일이다. 당시 나는 비쩍 마른 아이였다. 내가 평생토록 난쟁이로 살까 봐 걱정된 할머니는 나에게 여러 약재를 달인 한약을 먹였다. 지금 생각해 보면 그건 아마 살이 오르는 약이었을 게 분명했다. 한약 특유의 냄새와 쓴맛이 안 그래도 없던 입맛마저 사라지게 하는 기분이었다. 그래도 매끼 마다 밥통에 넣어 두었던 뜨끈뜨끈한 한약 봉투를 꺼내시는 할머니의 정성에 구시렁거리면서도 그것을 삼켰다. 그렇게 약을 먹지 않은 지도 꽤 흘렀다. 병원에 있는 2개월 동안 한약을 복용할 때보다 빠른 속도로 몸에 변화가 일어났다. 날마다 변하는 몸무게와 키를 확인하는 건 정체된 병원 생활에 소소한 재미가 되어 주었다.

병원 생활은 일정했다. 매일 같은 시간 의사 선생님이 외래 진료를 돌았고, 같은 시간에 혈장 교환술을 하러 갔으며 같은 시간에 밥이 나왔다. 그리고 항상 평일 오전 8시에는 막장 드라

마가 방영됐고 일요일이면 병실에 있는 모든 사람이 전국노래자랑을 시청했다. 그런 일상에서 기분 전환을 하고 싶었던 나는 벽 쪽에 있던 침실에서 창가 자리로 이동하는 아주 작은 액션만을 취했다. 창가로 간다고 해서 좋은 점이 무엇이냐 묻는다면 바로 답할 수 있다. 그곳은 어느 자리보다 유동적이고 생동감 있는 자리이기 때문이다. 창문을 열면 어느 날은 엄청 차가운 바람이, 어느 날엔 적당히 포근한 바람이 불어온다. 바람뿐만이 아니라 소리도 다채롭다. 학교 종소리, 자전거 지나가는 소리, 사람들의 수다 소리 등등. 항상 똑같은 환자복과 똑같은 침대 위에서 작은 변화는 증폭되어 다가왔다.

당시 내 키와 몸무게는 딱 2차 성징 할 나이에 맞는 수치였다. 또래 친구들은 중학교에 입학해 첫 교복을 입고 등교할 시간이지 않을까. 머릿속에는 그 광경이 자연스럽게 떠올랐다. 중학생 언니 오빠들은 항상 나와 반대 방향으로 등교했었다. 양 갈래로 머리를 땋고 멜빵 치마를 입은 나와 달리 그들은 좀 더 어른스러운 분위기를 풍겼다. 초등학생이던 나는 언니 오빠들의 교복을 눈으로 훑으며 몰래 동경했다. 내가 교복을 입으면 어떤 모습일지 궁금하기도 했다. 그러나 그 나이가 된 나는 교복 대신 환자복을 걸치고 있었다. 그마저도 멋을 내고 싶은 마음에 헐렁한 바지 밑단과 손목 부분을 고이 접어 트렌디한 환자복을 만들기도 했다. 여기서 트렌디하다는 것은 오롯이 혼자만의 생각이다. 막 중학생이 된 아이들이 몸에 맞지 않는 교복을 줄이듯 나 또한 그런 느낌으로 환자복을 접었던 것 같다.

어떤 때는 환자복 사이로 월경혈이 새는 걸 발견했다. 첫 월경은 13살 때 시작했는데 당시에는 눈이 보여 혼자서 생리대를 착용하는 일쯤은 어렵지 않았다. 그러나 이제는 그 행동이 어려운 일로 변해 버렸다. 보이지 않는 것도 문제였지만 손과 가슴에 주렁주렁 달린 바늘과 시술관이 몸의 움직임을 둔하게 만들어 더욱 어려웠다.

"하, 싫다…."

입술 사이로 이 말이 나오지 않을 수가 없었다. 생리대를 갈고 씻겨 주는 모든 과정이 엄마에게는 별일 아니었을지도 모른다. 갓 태어난 나의 기저귀를 갈아 준 것도, 더럽혀진 엉덩이를 닦아 준 것도 다 과거의 엄마가 했던 일일 테니까. 하지만 14살의 나는 몸도 크고 말도 하고 생각도 하는데. 또 다르게 생각하면 차라리 엄마가 간병인으로 있는 게 더 나았다. 아빠와 있을 때는 죽는 한이 있어도 스스로 생리대를 갈기 위해 애썼다. 아빠에게는 지하 1층에 있는 편의점에서 생리대를 사와 달라는 요청을 하는 게 최선이었다. 그마저도 "날개 있는 거 사야 해? 뭐 사야 해?"라며 헤매던 아빠였다. 여드름 하나에도 식겁하는 2차 성징이 활성화된 시기, 빠르게 변하는 몸을 관찰하는 일도 즐거웠지만 그만큼 급히 몸에 적응하는 법을 터득해야 했다. 이제부터 보이지 않는 내 몸에 익숙해져야 했으니까. 그래야 나도 편하고 주변인들도 편할 노릇이었다. 무엇보다 내 몸을 통제하는 사람은 내가 되고 싶었다.

혈장 교환 시술로 가슴에 관을 꽂고 있으면 몸이 말을 듣지 않는다. 엎드려 있는 건 당연히 안 되고 누운 상태에서 곧바로 몸을 일으켜 앉기도 힘들었다. 시술이 막 끝나면 무거운 모래주머니로 가슴을 지혈한다. 그 묵직함이 고통을 억누르는 역할을 한다. 몇 시간 후면 마취가 풀려 눈물이 주르륵 쏟아질 텐데 그럴 때는 진통제를 맞으면 된다. 그렇게 안정이 찾아오면 살살 뒤집기를 연습한다.

아기들이 몸을 움직이기 위해 가장 먼저 하는 행동은 뒤집기이다. 그 자세에 성공하면 기어다닐 수도, 일어설 수도, 나중에는 걸을 수도 있다. 관 때문에 뻣뻣해진 몸을 일으키기 위해 살금살금 몸을 옆으로 뉘어 뒤집기 비슷한 자세를 만든다. 완성된 뒤집기 자세를 확인하고서 침대 옆 봉을 잡아 몸을 일으켰다. 몇 번은 해 봐야 익숙해지는 자세였다. 하지만 이걸 해내야만 밥도 먹고 화장실도 갈 수 있다. 이 작은 몸부림이 일상생활을 이어 가는 데 큰 역할을 한다. 누군가 억지로 일으켜 주는 건 금세 푹 쓰러지기 때문에 사양한다. 그건 내 몸을 남이 통제하는 것이니 당연한 결과였다. 몇 번의 시술을 더 받으면서 나의 뒤집기 실력에는 속도가 붙었다. 흔히 말하는 노하우가 생겼달까. 더 빠르게 일어나면서도 덜 아프게 살아가는 방법이었다. 이렇게 내게 찾아온 변화를 체내에 스며들게끔 만들었다.

도와 달라고 울고 싶은 순간도 찾아올 테지만 운다고 해결되는 게 없다는 것을 안다. 나는 내게 앞으로 다가올 무궁무진한 변화를 기대하면서도 동시에 두려워했다. 시각 장애인으로 살아가는 삶에는 어떤 일들이 나를 무력하게 만들고, 또 활력을 심어 줄지 궁금했다. 만약 무력해지는 때가 온다면 그 순간에는 주체적인 나를 믿어 보겠다. 14살의 내가 26살의 나에게 묻는다. 지금 너는 어떤 형태의 뒤집기를 하고 있냐고. 너만의 뒤집기로 세상에서 일어날 준비를 하고 있냐고.

아픈 후 알게 된 것이 있다면 한 번 아픔을 겪어 봤던 사람이 나중에 덜 아플 방법을 안다는 거예요. 넘어졌던 곳에서 또 넘어지고, 약해진 곳에 상처가 덧나고, 원치 않는 고통이 수시로 찾아오겠죠.

그러니 우리는 아픔의 시간을 견디며 넘어져도 약하게 다치는 법을 터득해야 해요. 당신이 갖고 있을 흉터가 의미 없는 시간이 아니었다는 믿음을 가져요.

그럼, 우리 이제 각자의 흉터를 지닌 채 또 꿋꿋이 살아 볼까요.

성 밖으로 나가기 위해 한 걸음

나의 발목이 '자가 격리'라는 이름으로 묶였다. 결국 코로나19에 걸린 것이다. 이 바이러스의 유행을 잘 피하며 몸을 지키는 중이었는데, 끝내 접촉을 피하지 못했다. 전파력이 강한 이 바이러스는 사람을 최소 일주일은 고통스럽게 만들었다. 그 시간 동안은 혼자 밥을 먹고, 약을 챙기고, 침대에 누워 바이러스가 유유히 사라지기만을 기다려야 한다. 그러나 간혹 이 바이러스와의 만남을 환영하는 사람도 있다.

"차라리 잘 됐어, 이왕 이렇게 된 거 집에서 푹 쉬라는 거지."

격리를 시작하면 독립된 공간에서 혼자만의 시간을 가져야 한다. 바이러스의 영향을 크게 받지 않아 실제로 '쉼'을 갖는 사람도 있었고, 나처럼 목 깊숙한 곳까지 칼날로 찌르는 듯한 고통의 시간을 견디는 사람도 있었다. 주변에 어떤 이들은 몸의 아픔보다 밖에 나갈 수 없는 답답함, 자유를 강제로 빼앗겼다는 정신적 고통으로 몸부림쳤다. 사실 내게 일주일의 격리는 잠시 눈을 감았다 뜬 것처럼 순식간에 지나갔다. 이전에 내가 최장기로 격리했던 기간은 기나긴 1년이었으니까.

실명 후 나의 동선은 집과 병원뿐이었다. 그마저 누군가가 곁을 따라다녔으니 사실상 내게 혼자만의 자유란 없는 것과 같았다. 그때 느꼈던 답답함, 무력함, 억누름이 나를 가장 괴롭혔다. 혼자 나갈 수 있는 곳은 고작 집 앞마당이 전부였다. 나의 격리에는 종료 기간도 없다. 언제 끝날지, 외출하면 뭘 할 수 있는지 예측이 어려웠다.

기약 없는 격리라고 하니 떠오르는 이야기가 하나 있다. 바로 디즈니 애니메이션 <라푼젤>. 그 당시에는 나를 이해해 주는 건 높은 성에 갇힌 라푼젤뿐이라고 생각했다. 라푼젤도 언제 성 밖을 나갈 수 있는지 모르고 있었으니. 그래서 어느 날엔 이런 결심도 했다. 집 앞 10분 거리에 있는 동네 슈퍼만이라도 혼자 가 보자고. 그땐 안내견도 흰 지팡이도 없었다. 오로지 나 홀로 밖을 나섰다.

처음으로 마당 문을 열어 도로변으로 나왔을 때, 심장이 뻥 뚫리는 기분이었다. 외부의 공기는 달랐다. 그러나 산뜻한 기분과 달리 눈앞은 혼란스러웠다. 실명 후 처음 발 디딘 세상에서 내 눈으로 볼 수 있는 건 별로 없었다. 일단 흐릿하게나마 보이는 하얀 주행선을 따라 걸었다. 기억 속에 남아 있는 집 주변 모습을 회상하며 앞으로 한 발짝씩 조심히 나아갔다.

'집에서 슈퍼까지는 쭉 직진. 주차장이 나오면 왼쪽으로 꺾고.'

누군가 나의 걸음을 보고 있었다면 의아하게 쳐다봤을 것이다. 고개는 땅바닥에 고정한 채 쭈뼛쭈뼛 걸음을 떼는 모습이 어떻게 보였을까. 그러다 문뜩 고개를 들었고 순간 길을 잃었다는 걸 직감했다. 어디가 어딘지 전혀 알 수 없었다. 속상한 마음에 왈칵 감정이 쏟아지려 했지만, 일단은 집으로 돌아가야 했다. 왔던 길을 되돌아가는데 싸한 분위기가 나를 감쌌다.

'그런데 우리 집은 어디지?'

결국 나는 동생을 호출했고 또다시 바깥세상과 단절됐다.

한 번의 실패를 경험하고 찾아온 씁쓸함과 답답함은 강렬히 자유를 원했다. 이대로 영원히 고립되기는 싫었다. 잠시 맛본 바깥 공기는 갇혀 있던 생각에 변화의 바람을 불어 넣었다. 한 번 나갔는데 두 번 못 하라는 법 있나? '용기'라는 바람이 내 주변을 살랑거렸다. 그렇게 생각에 변화를 주자 나를 집 안에 가둔 게 무엇이었는지도 보였다. 나빠진 눈? 불안한 마음? 가족들의 걱정? 장애인의 자유를 보장하지 않는 사회 구조? 분명 떠올린 모든 부분이 복합적으로 얽혀 있었다. 나조차 장애를 탓하고 불안감으로 지레 겁먹기도 했다. 가족들도 마찬가지다. 내가 다칠까 봐, 위험해질까 봐 모두 예방하고자 늘 곁에 있으려 했다. 그리고 태어나서 처음으로 장애를 갖고서 알게 된 면이 있다. 바로 내 내면의 속앓이뿐만 아니라 내가 살아갈 사회의 구조적인 문제도 나를 가두는 데에 큰 비중을 차지한다는 것을. 슈퍼를 가는 길목에 점자 유도 블록이 있었더라면, 신호등을 소리로 안내해 주는 음향 신호기가 있었다면 좀 더 쉽게 길을 걷지 않았을까.

이런 감정과 환경 속에서 진정한 자유를 위해 나는 다시 문을 열었다. 처음에 느꼈던 두려움은 사라진 지 오래다. 혼자서 해내기 어려운 환경이라면 일단 그 안에서 내가 할 수 있는 최선을 찾기로 했다.

두 번째 외출은 동생과 함께했다. 내가 앞으로 먼저 걸어가면 동생에게 뒤를 봐 달라고 부탁했다. 잘 가고 있는지, 장애물은 없는지, 어디서 꺾으면 되는지 등을 말이다. 그렇게 누군가의 도움을 받았다. 혼자였더라면 또다시 잃었을 길 위에서 나는 동생과 함께 새로운 지도를 그려 냈다.

그 후로는 나의 자유를 위해 여러 방법을 찾았다. 흰 지팡이를 이용해 독립 보행을 익혔고 시간이 흘러서는 안내견 하얀이를 만났다. 하나하나가 잘 얽혀 내 지도의 한 부분으로 길을 밝히는 중이다. 이제 더 이상의 고립과 격리는 없다.

Venture outside your comfort zone.

The rewards are worth it.

익숙한 곳을 벗어나 봐.

그 보상은 충분히 가치 있을 거야.

_영화 <라푼젤> 중에서

PART 02

헤맴 끝에 갈피를 잡다

감춰진
이름을 부르다

처음 보는 사람과 낯선 공간. 모든 게 익숙하지 않은 환경 속에 혼자 덩그러니 놓인다면 어떤 생각이 먼저 드는가? 일단 나는 생각할 겨를이 없었다. 왜냐하면 머릿속이 백지가 됐으니까. 저 아이들에게 어떻게 말을 걸어야 할지, 나는 어디로 가면 되는지 아무것도 알 수 없었다.

15살, 나는 태어나서 처음으로 점자라는 걸 만져 보았다. 하얀 종이 위에 올록볼록 튀어나온 점들은 내 손가락을 따갑게 만들었다. 내가 서 있는 공간은 교실이라고 하기에 턱없이 좁았고, 책상도 고작 4개가 전부였다. 그리고 그곳에 앉아 있는 아이들도 단 3명. 깔끔하게 비어 있는 한 자리가 내 자리였다. 나는 자리에 앉아 가만있었다. 옆자리 아이에게 말을 걸 용기도 나지 않았다. 그렇게 찾아온 침묵의 시간은 한 선생님의 목소리로 깨졌다.

"우리 반에 전학생이 왔어요. 우령이한테 잘 알려 줘요."

중학교를 갓 입학한 나는 시각 장애 특수 학교에 처음 가 봤다. 처음일 수밖에 없었다. 이전에는 이곳에 올 거라 생각조차 안 했으니까. 그곳에서 나처럼 장애를 가진 아이들도 처음 봤다. 낯선 사람들에게 둘러싸인 환경에서 무얼 할지 솔직히 감도 오지 않았다. 애초에 '지금 내 상태로 공부는 할 수 있을까?' 하는 의문도 들었다.

그렇게 복잡한 생각을 잠시 뒤로 한 채, 반 아이들 앞에서 자기소개를 했지만 그 와중에도 고민은 쉬지 않고 생겼다. 친구들과는 어떻게 친해질 수 있을지. 나도 시각 장애를 갖고 있지만, 시각 장애인에게 다가가는 방법을 알지 못했다. 지금까지 살아오면서 시각 장애인을 직접 만나 본 적이 없었으니까. 내가 본 장애인이라고는 초등학교 특수 교육반을 다니던 아이들이 전부였다. 당시 아이들도 대부분 발달 장애였기에 소통할 기회가 없던 건 비슷했다. 나는 같은 반 아이들과 쉽게 가까워지지 못했다. 어떻게 대해야 하고, 또 실수하지 않을지, 대화 주제는 무얼 내놓아야 하는지 등 고민은 줄어들 기미가 없었다. 하지만 얼마 지나지 않아 이런 생각은 정말 부질없었다는 것을 깨달았다.

점심시간, 나는 아직 학교에 적응하지 못하고 혼자 운동장을 서성이고 있었다. 그때 담임 선생님께서 나를 한쪽으로 불렀다. 선생님 옆에는 내 또래의 여자아이가 한 명 있었다. 그 아이는 나보다 한 학년 위의 선배였다. 선생님은 그 여자아이에게 "우령이 학교 소개 좀 시켜 줘. 그리고 둘이 친하게 지내고."라는 말을 남긴 채 자리를 떴다. 그 아이와 나는 점심시간 동안 학교 곳곳을 다니며 지리를 익혔다. 그리고 짧은 대화를 나눴다. 그건 정말 평범한 대화였다.

"넌 이름이 뭐야?"

"난 소라. 넌?"

이 대화를 시작으로 우리는 무수한 이야기를 공유했다. 그리고 이렇게나 많은 대화를 나눈 아이는 훗날 나와 중·고등학교를 함께 다니며 가장 긴 시간을 함께한 친구가 되었다.

그런 소라와 나눈 첫 대화에서 내가 깨달은 건 그저 그 사람 자체로 바라보면 된다는 것이었다. '장애인'이라는 이름이 아닌 그 친구가 가지고 있는 '이름'. 내가 가지고 있는 '허우령'이라는 이름 그 자체로 상대를 바라보면 된다. 다수의 사람이 처음 내가 느꼈던 것처럼 장애인을 만나면 어떻게 해야 하는지, 어떤 도움을 줘야 할지, 실수를 범하지 않을지 고민하고 곁으로 가기를 망설인다. 하지만 누군가가 나를 마주했을 때, 시각 장애인 허우령이 아닌 그냥 허우령으로 마주해 줬으면 한다. 장애가 있다고 다른 존재도, 특별한 존재도 아니다. 모두가 각자의 고유함을 갖고 살아가니까.

나도 처음에는 몰랐기에 어렵게 느껴질 거라 생각한다. 하지만 이제는 장애인을 낯선 존재, 무조건 도움을 줘야 하는 존재, 실수하면 안 되는 존재로 바라보는 것을 그만두었으면 좋겠다. 우리가 처음 사람을 사귈 때는 누구나 낯설고, 또 그에게 실수하지 않으려 조심한다. 시간이 지날수록 어색했던 감정이 사라지고 익숙함이 반겨 주며, 서로 모르는 부분을 묻고 실수를 통해 각자 알아 가기도 한다. 당신이 누군가에게 도움을 건넸다면 받은 상대도 어딘가에 도움을 주고 있지 않을까. 그러니 정말 한 명의 사람으로, 있는 그대로 대하면 된다. '장애인'이라는 이름표에 가려진 그 사람의 고유한 이름을 되찾아 주길. 내 이름표에 쓰여 있는 그 이름 자체를 불러 주길 바란다.

낯설다는 건 실수해도 괜찮다는 의미이기도 해요. 잘 모르니까, 어색하니까 몸은 더 경직되고 흠을 보이지 않으려 애쓰죠.

우린 늘 실수하며 익숙해져요. 낯선 것들 사이에서 틀려도 괜찮아요. 모르는 게 많으면 어떤가요. 그 시기를 충분히 넘기면 낯섦은 곧 익숙함이 될 테니까요.

하나뿐인 목소리로 이어지다

"이야, 저 사람 되게 잘생겼다."

지나치는 사람을 보고 친구가 감탄사를 내뱉었다.

"우와, 방금 들었어? 내 뒤로 목소리 좋은 분 지나갔다!"

이번에는 내가 말했다. 나는 사람들을 처음 만날 때 가장 먼저 목소리에 귀를 기울인다. 그 사람이 얼마나 잘생겼는지, 아름다운지, 명품을 두르고 있는지는 눈에 들어오지 않으니까. 그저 처음 나누는 대화에서 그 사람의 온도와 살아온 체취를 느낄 뿐이다. 사람들의 언어에 온도가 있다는 한 저자의 말처럼 나는 사람들의 목소리에도 온도가 담겨 있다고 생각한다.

내가 처음 목소리의 온도를 느낀 것은 16살, 중학생이 되면서다. 당시는 시각 장애가 나타난 지 2년 정도가 흐른 때였다. 14살, 처음 실명하고 1년이라는 시간 동안 나는 사람들에게 쉽게 말문을 열지 못했다. 새로 입학한 시각 장애 특수 학교에서도 마찬가지였다. 몇 되지 않는 아이들 사이에서도 나는 유난히 말 없는 아이였다. 그럼 원래 말수가 적고 내성적인 아이였던 게 아니냐 의심할 수도 있으나 또 그건 아니었다. 나는 2명의 남동생을 둔 K-장녀로서 어디서든 큰 목소리로 동생들을 제압하는 위력을 가지고 있었다. 그런 내가 조용한 사람으로 변한 데에는 그 공백 기간의 영향이 무척 컸다.

시각 장애인이 되고 한동안 집과 병원만을 오갔기에 사람들과의 교류가 단절될 수밖에 없었다. 그렇게 타인에게 말을 건네는 법, 친해지는 법, 대화를 이어 나가는 법을 잊었다. 학교생활을 하면서 내 목소리를 길게 들은 사람은 없었다. 수업 시간에도 "네.", "아니요.", "모르겠어요." 등의 단답으로만 선생님과 대화했고 반 아이들과는 거의 말을 섞지 않았다. 어떻게 보면 내가 사람을 싫어한다는 오해를 받기 좋은 상황이기도 했다. 그러나 늘 마음속으로는 '오늘은 먼저 인사해야지.', '오늘은 친해져야지.' 라고 다짐하고 있었다. 그런 내가 사람들과 어울리게 된 계기가 있었는데, 그건 중학교 2학년으로 올라갈 때였다.

그날도 나는 자리에서 홀로 시간을 보내고 있었다. 그런데 교실 문이 갑작스레 열리더니 처음 보는 남자 선생님이 들어왔다. 그 선생님은 내게 다가와 "네가 우령이지?" 하며 인사를 건넸고, 뒤이어 깜짝 놀랄 제안을 했다.

"선생님은 방송부 담당인데, 우령이 아나운서 한번 해 볼래?"

방송부와 아나운서라는 말에 나는 "제가요? 저 못 해요."라고 말을 뱉었다. 생각할 필요도 없었다. 아나운서는 말을 잘해야 하고, 방송 대본도 직접 쓰고 읽어야 할 테니까. 나는 지금 옆자리 친구랑 대화 한 번 나눈 적 없는데, 대본을 읽는 건 내 남은 시력으로 턱없이 부족할 게 분명했다. 나의 단호한 거절에도 선생님은 더 생각해 보라는 말을 남기고 자리를 떠나셨다.

그 뒤로 여러 고민이 방울방울 생겨났다. 내가 과연 할 수 있을지에 대한 의문과 그래도 해 보고 싶다는 마음이 서로 싸웠다. 고민의 크기가 무색하게 내 결정은 '에이, 모르겠다. 그냥 한번 해 보자.'로 내려졌다. 언제까지 '저는 못 해요.'를 달고 살 수도 없었고 무엇보다 정체된 나의 일상에 변화를 주고 싶었다.

그렇게 처음 방송실 마이크 앞에 섰을 때, 나는 새로운 나를 발견했다. 난생 처음 잡아 본 적 없는 마이크 앞에 입을 가져다 댔을 때 목 끝에서 목소리가 탁 걸리는 기분이었다. 처음 하는 방송이기에 잘하고 싶은 마음이 앞서기도 했다. 그래서 직접 쓴 방송 대본도 그 전날까지 달달 암기했다. 그 당시에는 점자도 몰랐고, 남은 시력으로 대본을 읽으면 글자가 완성되지 않을 듯해 모조리 외워 버린 것이다.

아침 방송은 원래 생방송으로 진행되지만 나는 녹음을 했다. 집에서 학교까지 도저히 아침 일찍 올 수 있는 여건이 아니었기 때문이다. 녹음하면 틀린 부분을 다시 해 볼 수도 있고, 다양한 소리를 내 보며 안정적인 톤을 찾기도 쉬웠다. 녹음이라는 특성상 여러 번의 기회가 주어졌지만, 나는 할 때마다 한 글자라도 틀리고 싶지 않았다. 툭 치면 내용이 술술 나올 정도로 연습했다. 그렇게 연습을 해도 막상 마이크 앞에 서면 떨리는 감정을 숨길 수 없었지만 그래도 나는 확실히 최선을 다했다. 대본에 적힌 마지막 인사 후 몰려오는 뿌듯함과 웃으며 손뼉을 치는 선생님이 그걸 증명하고 있었다. "해 보니까 할 수 있잖아."라고 격려를 얹어 주시기도 했다.

더 놀라운 일은 첫 방송을 교내에 내보내는 날 일어났다. 내 목소리가 마이크를 통해 울려 퍼지자 많은 사람이 칭찬과 응원의 말을 건네주었다. 등교하는 순간 사람들의 목소리가 물밀듯 내게 몰아쳤다. 그중에는 "우령이 목소리 듣고 있으면 기분이 좋아져. 앞으로 방송 기대할게."라고 웃으며 내 어깨를 토닥이는 사람도 있었다. 사실 전혀 기대하지 않았던 반응이었기에 어리둥절했다. 하지만 내 입꼬리는 기분 좋은 미소를 머금고 있었다.

그렇게 방송부 아나운서로 활동하면서 그간 닫혀 있던 관계의 문을 열어 나갔다. 누군가에게 나의 목소리로 이야기하고 누군가를 위로하며 공감하는 일은 소통의 즐거움이 무엇인지 알려 주었다.

여전히 나는 그날 말을 건넨 사람들의 목소리를 잊지 못한다. 나에게 자신감을 불어넣어 주고 따뜻한 온기로 나를 들뜨게 해 준 그 목소리들을. 그 기분 좋은 온기를 여전히 마음에 품고 있어 나는 더 많은 이와 소통하는 아나운서의 꿈을 가지게 되었다. 하고 싶은 말이 있어도 홀로 가슴앓이하는 사람들의 목소리에 집중하고 감정과 생각을 공유하는 그런 아나운서가 되고 싶었다. 지금 이 책을 써 내려가는 이유도 그중 하나다. 누군가 나의 이야기를 들으면서 페이지 한 장, 한 장에 담겨 있는 온기를 느꼈으면 한다. 그러니 서로의 감정과 속마음을 나누며 위로와 힘을 얻는 그런 시간이 되길 바란다.

"아아, 아침 방송 시작하겠습니다!"

마이크 앞에 앉아 한층 상기된 목소리로 입을 열었어요. 이젠 제가 온기를 전달할 차례거든요. 혹시 뭔가를 할지 말지 고민 중이신가요?

'고민될 때는 일단 해 보고 후회하자.'가 저의 좌우명이에요. 시도조차 하지 못했을 때 생긴 후회에는 항상 '그때 해 볼걸.'이라는 미련이 남더라고요.

그래서 전 지금도 마이크를 잡고 있어요. 망설이는 당신에게 작은 불씨라도 건네고 싶은 마음에요.

엉성하고 풍성한 우리들의 연주

"태어나서 처음으로 심장이 웅장해지는 기분이었어요! 정말 중독적이네요!"

사람은 어떨 때 심장 박동 수가 빨라질까? 언제 고양된 기분을 느낄까? 숨이 턱 끝까지 차올라 헉헉거리는 힘듦이 아닌 긍정의 흥분과 기대에 찬 헐떡임을 나는 느낀 적 있다. 때는 중학교 1학년 자율 시간, 담임 선생님이 나를 부르면서 시작됐다.

"우령아, 방과 후 활동을 정해야 하는데 하고 싶은 게 있니?"

그 당시 나는 하고 싶은 게 무엇도 없었다. 시각 장애 특수학교에 처음 들어와 채 적응도 못한 상태였기 때문이다. 방과 후 활동도 흥미를 끌 만한 게 없었다. 안마사 자격증과 실습을 위해 만든 동아리, 시각 장애인 게임 중 하나인 피퍼와 오델로 동아리. 그 외 컴퓨터, 축구 동아리 등이 있었지만 모두 적성에 맞지 않았다. 나의 시큰둥한 반응에 선생님은 작게 한숨을 뱉으셨다.

"저 그런 거 안 해도 돼요. 그냥 집에 빨리 갈래요."

진심으로 집에 가고 싶었다. 사실 학교에서 우리 집까지의 거리는 넉넉잡아 1시간은 걸렸다. 자동차로 한 번에 간다면 30분 정도의 거리기는 했지만, 당시 나는 나주에서 통학하는 다른 학생들과 함께 승합차를 타고 이동해야 했다. 그 학생들은 만학도 어르신들이었는데 1분 1초라도 늦는 걸 좋아하지 않으셨다. 그래서 하교 종이 치기도 전에 짐을 싸고 대기를 타야 했다. 그런 내 모습이 안타까웠는지 선생님은 며칠 뒤 나를 음악실로 데려가셨다.

"네가 우령이니? 선생님은 음악 선생님이야. 우령이 관심 있는 악기 있니?"

나는 딱 잘라 말했다.

"저 리코더도 제대로 못 불어요."

하지만 음악 선생님은 인자한 웃음을 보이며 "악기 잘하게 생겼는데."라는 말을 덧붙였다. 이 선생님 관상도 보실 줄 아나? 그런 생각을 할 즈음, 선생님이 내 앞에 색소폰을 가져다 놓았다.

"이건 알토 색소폰인데 우령이랑 잘 어울릴 거 같아. 선생님이 보는 눈 좀 있는데 이 색소폰이 다른 악기와도 되게 잘 어우러지거든? 우령이는 어떠니?"

매끈한 감촉에 금빛으로 반짝거리는 색소폰이 내 눈에도 멋있어 보였다. 한편으로는 몸통만 한 이 악기를 도대체 어떻게 부는 건지 의문이 들기도 했다. 그러나 선생님의 한마디가 색소폰에서 눈을 뗄 수 없게 만들었다.

어디서든 잘 어우러지거든.

시각 장애 특수 학교에 들어온 후, 같이 통학하는 어른들 사이에서 내가 낄 자리는 없었고 같은 학년 친구들에게도 쉬이 다가가지 못했다. 다가가기 싫어서가 아니라 말을 걸고 친해지는 과정을 까먹었다고 표현하는 게 더 맞겠다.

“오늘은 애들이랑 이야기해 봤니?”

“아니요. 한마디도 못 했어요.”

내 대답은 항상 같았지만 담임 선생님은 항상 하루 끝에 이 질문을 던지셨다. 그래서 어딘가 더 어우러지고 싶다는 마음이 강했나 보다. 음악 선생님과의 만남 뒤 나는 밴드부에 들어갔다. 중학교 1학년부터 고등학교 3학년이 끝날 때까지 색소폰을 손에서 놓지 않았다.

처음에는 엉성하고 서툴기 짝이 없었다. 어쩌면 당연했다. 리코더도 못 부는데 색소폰이라고 한 번에 성공할까 싶었다. 그러나 매일 방과 후 시간이 찾아오면 가장 먼저 음악실로 향했다. 색소폰에 꽂는 리드조차 소리 내지 못하는 나를 채찍질하며 쉬지 않고 연습했다. 정말 입술이 퉁퉁 부어오를 때까지. 처음으로 색소폰에서 ‘뿌-’ 소리가 나왔을 때 가슴이 뻥 뚫리는 쾌감을 느꼈다. 계속해서 나는 음계를 배우고 다양한 연주 기술을 익히며 곡 하나를 연습했다. 처음 연주한 곡은 비틀스의 〈Yesterday〉였다. 부드러운 선율이 알토 색소폰과 꽤 어울렸다. 그런데 불다 보니 내가 생각하는 그 〈Yesterday〉의 멜로디가 아니었다. 멜로디를 연주하기도 하고, 어디서는 박자만 맞추기도 했다. 또 아예 악기를 불지 않는 부분도 있었다.

"선생님, 이거 곡이 좀 이상해요. 완성된 곡 맞아요?"

"응 맞아, 조금만 있어 봐."

조금만 있어 보라니 무슨 소리인가 싶었다. 앙상한 나뭇가지처럼 뭔가 허전한 곡을 1학기 내내 연습했다. 그렇게 여름 방학이 찾아오고, 처음으로 밴드부 아이들을 만났다. 플룻, 클라리넷, 테너 색소폰, 트럼펫, 드럼 등 아이들은 각자 자신만의 악기를 다룰 줄 알았다. 그리고 오늘은 그동안 연습해 온 연주를 다 함께 맞춰 보는 시간이었다.

"삐, 삐, 삐, 삑!"

음악 선생님의 호루라기 소리가 들렸다. 우리는 지휘봉을 볼 수 없으니 소리로 곡의 시작을 알렸다. 우리만의 신호인 셈이다. 합주가 시작되고 내 몸에는 엄청난 전율이 흘렀다. 이거였다. 이게 어우러진다는 뜻이었다. 플룻과 클라리넷이 멜로디를 연주하면 내가 화음을 넣었고, 나의 색소폰이 잠시 쉬는 동안에는 베이스 악기들이 묵직한 음으로 곡을 이어 갔다. 그렇게 서로 하나되어 비로소 곡 전체가 완성되었다.

어우러진다는 건 혼자서 가능한 일이 아니다. 옆에 함께할 누군가가 있을 때 진정으로 어우러질 수 있다. 밴드부를 시작하면서 나도 아이들과 가까워지는 시간을 보냈다. 개개인의 연주를 들어 주기도 하고 가르쳐 주기도 했으며 서로를 알아 가려 노력했다. 그렇게 우리는 진정으로 어우러졌다. 색소폰은 내게 하나 된다는 것이 얼마나 가슴 뛰는 일인지, 얼마나 매력적이고 중독적인지 알려 주었다. 서로가 더 빛날 수 있도록 뒷받침해 주고, 쉬어 갈 땐 빈 곳을 외롭지 않게 채우는 그런 존재가 될 수 있다고.

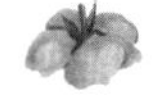

겉도는 기분이 들 때가 있어요. 어디에도 속하지 못한 스스로가 못나 보이기도 했죠. "왜 다가가지 못해!"라며 등 떠밀어도 마음처럼 움직이지 않는다는 걸 잘 알아요. 억지로 사이를 비집고 들어가 봤자 금방 튕겨 나가기도 하니까요.

그렇다고 스스로 너무 탓하지는 마세요. 우리는 각자 다른 속도를 가지고 있어요. 서서히 뒤섞일 준비를 해 봐요. 그 속도가 더디다고 어우러지는 게 어렵진 않으니까요.

당신의 자리는 반드시 있어요. 그러니 그 속도 그대로 걸어가도 괜찮아요.

내 꿈에 생긴 스크래치

사람의 손에는 많은 게 담겨 있다. 시각 장애인으로 살며 원하든 원하지 않든 다른 사람의 손을 잡는 일이 많았다. 여러 손을 만져 보면 지금까지 그들이 살아온 삶의 흔적을 어렴풋이나마 느낄 수 있었다.

"손이 건조하시네요? 커피 향도 나는 듯하고요."

"손바닥에 굳은살이 많은데 혹시 운동 좋아하세요?"

그렇게 질문을 던지면 "맞아요! 어떻게 아셨어요?"라는 답이 돌아오기도 한다. 나도 26년이라는 길면 길고 짧으면 짧은 세월 동안 손 위에 많은 걸 담고 흘려보냈다.

어린 시절, 내 손에는 긴 시간 붙잡고 있던 4B 연필의 검은 흔적이 여기저기 묻어 있었다. 방 한편에는 얼마나 빡빡 지웠는지 수북하게 쌓인 지우개 가루와 마음에 들지 않는다며 찢어 낸 종잇조각들이 흩어져 있기도 했다. 정신없이 굴러다니는 종이와 연필, 지우개 사이에는 늘 그림 하나가 자리하고 있었다. 나는 인물과 풍경, 사물 그리기를 좋아했다. 오랜 시간 관찰하고 그 모습을 스케치북 위에 표현하는 게 가장 설레는 순간이었다. 그 설렘이 좋아서 7살 때부터 화가의 꿈을 꾸기 시작했다. 정말, 나는 내 꿈이 참 좋았다.

화가의 꿈을 확신하게 된 결정적 계기는 빈센트 반 고흐의 작품 때문이었다. 그의 자화상을 책으로 처음 본 순간 느꼈다. 자신의 내면까지 드러난 이 그림이 너무 아름답다고. 그렇게 나는 그의 그림에 제대로 매료당했다. '나도 저런 그림을 그릴 수 있을까?' 그렇게 동경하는 고흐의 작품을 시작으로 13살이 될 때까지 나의 장래 희망 칸에는 '화가'라는 두 글자가 쓰여 있었다.

그러나 영원할 것 같던 꿈에 금이 갔다. 실명하기 전날까지도 나는 공책 위에 캐리커처를 그리며 놀고 있었는데. 어쩌면 장애라는 게 예고 없이 찾아와서일까, 다음 날부터 그림을 그릴 수 없을 거라 상상조차 하지 못했다. 온 세상이 본연의 색을 잃은 채 뿌옇게 보이니 더는 두 눈에 무엇도 담을 수 없었다.

"예쁘게 그려 줄게!"

서로 눈 맞추며 그렸던 친구의 얼굴도.

"움직이지 마, 도망치면 안 돼."

언제 날아갈까 조마조마하며 그렸던 강 위의 오리도.

머릿속 한편에 위치한 상상의 방에 모아 둔 전부를 그릴 수 없게 됐다. 순식간에 공허함이 찾아왔다. 가장 좋아하는 것을, 가장 잘하는 일을 손안에서 흘려보내야 한다니. 정말 꽉 잡고 싶었다. 그러나 현실은 달랐다. 시각 장애를 가진 채 화가를 꿈꾸기에는 아직 우리 사회가 나를 돕기 어려웠다. 당시 나는 미술은커녕 학교 수업도 제대로 듣지 못하는 상태였다. 시각 장애인은 어떻게 공부해야 하는지, 직업은 가질 수 있는지, 앞으로 어떻게 살면 되는지 등 알고 싶은 건 가득했으나 누구도 알려 주지 않았다. 그렇게 깊은 고민에 빠져 있을 때 생각 하나가 스쳤다.

'그림을 굳이 붓으로 그리라는 법은 없지.'

남은 시력으로 더는 예전만큼 그림을 그리기 힘들었다. 하지만 또 다른 나만의 방법을 찾으면 될 일이다. 그런데 그 '방법'이라는 건 어떻게 찾아야 할까? 새로운 꿈을 헤매던 도중 나는 내 꿈에 스크래치를 내기로 결심했다.

그림 기법 중 '스크래치'라는 게 있다. 어릴 적 미술 시간에 한 번쯤 해 봤을 것이다. 종이 위에 여러 색깔을 칠한 뒤에 까만 크레파스로 그 위를 덮는다. 그 과정이 끝나면 그때부터 본격적으로 시작된다. 끝이 뾰족한 물건으로 검은 종이 위를 긁듯이 그려 나간다. 그러면 처음 색칠했던 형형색색의 색깔들이 스크래치 낸 선을 따라 새로운 모습을 보인다. 스크래치는 기존의 것을 품으면서 동시에 신선한 모양을 표현하는 기법이다. 이 스크래치처럼 나도 내 꿈을 포기하고 싶지 않았다. 내 마음에 온전히 품어 새로운 방식으로 나타내고 싶었다. 4B 연필이 떠난 자리에는 본 적 없는 것들이 쥐어지기 시작했다. 주변 사람들은 내게 물었다. 시각 장애인이 어떻게 그림을 그릴 수 있냐고. 나는 이렇게 대답했다.

"서툰 붓질과 똑바르지 않은 선으로도 그림은 그릴 수 있어요. 악기에서 흘러나오는 음표와 음률로도 그림을 그릴 수 있고요. 목소리의 톤, 분위기로도 저만의 그림을 그릴 수 있으니까요."

화가의 꿈은 사라지지 않았다. 붓이 아닌 다양한 방법으로 그 꿈을 부풀렸다. 내게 찾아온 장애는 꿈을 빼앗은 게 아닌 다른 그림을 그릴 새 도화지가 되었다. 그 도화지 위에 나는 생소한 걸 담아내는 중이다. 꿈에 스크래치를 긋는다는 건 내 안에 있는 무수한 가능성을 확인할 기회니까. 그렇게 나는 오늘도 꿈에 스크래치를 긋는다. 내가 품고 있을 또 다른 색을 찾기 위해서.

언젠가 나의 미래가 검은 도화지 같다는 생각이 들었어요. 불확실하고 상상조차 되지 않아 아득했죠. 내 꿈은 무채색이 아닐까 싶었어요. 그래서 정답이 무엇인지 매번 궁금했죠. 제발 알려 달라고 소리치고 싶은 심정이었어요.

그러나 그림을 붓으로만 그릴 필요 없듯, 검정 도화지 위에 나만의 방식으로 그림을 그릴 수 있더라고요. 내 꿈에 마구 스크래치 내고, 지우고, 새로운 밑그림을 그렸어요. 그러자 이전에는 보이지 않던 길이, 빛이 서서히 모습을 드러냈어요.

다양한 자신의 색감을 찾아 떠나 봐요. 컴컴한 미래의 끝은 직접 가 보기 전까지 아무도 모르는 법이니까요.

손등이 포개지는 순간

"내 마음을 그 애한테 표현할 방법이 없을까?"

처음 시작은 그랬다. 학업을 위해서도, 앞으로를 살기 위해서도 아니었다. 단순히 좋아하는 사람에게 내 마음을 표현할 방법을 찾고 싶었다. 생일이나 기념일, 특별한 날이 있으면 소중한 사람들에게 직접 쓴 글씨로 소소한 손 편지를 쓰곤 했다. 편지를 받고 기뻐할 상대를 생각하면 벌써 기분이 좋아졌다. 그러나 빽빽한 글자로 가득 찬 편지는 어느 순간부터 받는 이에게 전달되지 못했다.

시각 장애를 갖게 된 후 주변의 친구들도 많이 바뀌었다. 나보다 더 나쁜 시력을 가진, 혹은 아예 빛조차 볼 수 없는 친구들도 있었다. 시력이라는 게 사람마다 천차만별이기에 깊이 들어가면 더 다양한 용어로 나뉘지만 크게는 두 분류로 이야기할 수 있다. 시력이 조금이나마 남아 있으면 '저시력', 빛조차 감지하지 못하면 '전맹'이라고 부른다. 내 주변에는 그런 전맹 친구들이 대부분이었다. 유치원 때부터 시각 장애 특수 학교에 다니던 아이들은 연필을 잡는 대신 제1 언어로 점자를 택했다. 손가락이 말랑말랑할 적부터 점자를 익힌 아이들은 능숙하게 점자책을 읽어 냈다. 그 모습이 멋있었다. 그저 울퉁불퉁 튀어나온 점으로 빠르게 단어를 만들고 문장을 완성하다니. 감탄사와 함께 친구들의 손끝만 관찰했다. 훗날 내가 점자를 배워야 한다는 건 상상도 못 한 채로.

내 앞에 처음 점자책이 놓인 건 중학교 3학년으로 진급한 후였다. 이전에도 몇 번 아이들이 읽는 책을 뭣 모르고 만진 적은 있었지만 제대로 배우기 시작한 건 그때가 처음이었다. 남은 시력으로 학업을 제대로 이어 가기 어려울 것 같다는 선생님의 판단이었다.

시험 마무리 후 성적을 확인하면 그 필요성을 절실히 느꼈다. 확대된 글자를 읽어도 주어진 시간 내에 문제를 풀기는 어려웠고 결국 문제 전체를 거의 찍었다. 공부한 것과 달리 시험 점수가 나오지 않아 속상하기도 했다. 그렇게 나는 17살에 7세 때 다 끝낸 기역, 니은, 디귿을 다시 배웠다.

처음에는 하고 싶지 않았다. 머리가 알고 있는 한국어와는 모양도 쓰는 법도 전혀 다른, 그러니까 단 6개의 점으로만 이루어진 언어가 쉽게 익혀질 리 만무했다. 이걸 배울 시간에 수학

공식을 하나 더 외우는 게 나을 것 같았다. 이미 손가락이 굳을 대로 굳은 내가 전맹 친구들만큼 점자를 잘 읽을 수 있으리란 자신도 없었다.

그러나 무언가를 새롭게 배우고 익히는 과정에 동기와 흥미는 큰 원동력이 된다. 나의 원동력은 다름 아닌 친구들이었다. 한국인과 외국인이 처음 만났을 때 맞닥뜨리는 장벽은 보통 언어에서 시작되듯, 나와 친구들의 관계도 처음에는 그랬다. 내가 보는 글자와 그들이 보는 글자가 달라서 좁혀지지 않는 거리가 있었기 때문이다. 솔직히 말해 언어가 아니라 '전맹'에 대한 편견도 내심 갖고 있던 것 같다. 아무것도 볼 수 없는 친구들을 내가 더 도와줘야 한다는 생각 말이다. 물론 그게 착각이었다는 걸 곧 깨달았지만.

내 손등 위에 친구의 손이 겹쳤다. 점자 읽는 게 서툰 나를 위해 전맹 친구가 흔쾌히 점자 읽는 법을 하나하나 알려 줬다. 복잡한 영어와 수학 기호로 애를 먹고 있으면 "그건 루트야."라며 답답함을 해소해 줬다. 보이는 것과 상관없이 우리는 서로에게 해 줄 수 있는 일이 많았다. 그렇게 나를 도와준 사람들을 생각하며 점자 배우기에 속도를 올렸다. 단시간에 점자를 마스터한 나를 보고 방과 후마다 점자를 알려 주시던 선생님도 뿌듯해하셨다. 드디어 나의 제2 언어가 생긴 것이다. 낯설고 어렵게만 느껴지던 점자가 금세 친숙해졌던 건 친구들이 내게 심어 준 동기가 컸다. '점자'라는 특별한 언어를 통해 나는 그들을 알아 갔고, 그 덕에 친밀해졌다. 친구들에게 전하고 싶었던 수많은 말도 점자로 한 점 한 점 찍어 냈다.

점자는 단순히 새로운 언어를 넘어 내 인생에 변화를 가져온 계기이기도 했다. 점자를 알고 나서는 나의 세계도 넓어지고 한층 더 늘어났음을 느낄 수 있었다. 하나의 언어를 안다는 건 새로운 세계를 이해하는 것과 같다. 나는 점자를 통해 다양한 방식으로 살아가는 사람들의 모습을 알게 됐다. 이전에는 눈에 흐릿하게 담겨 울렁이던 글자들을 이제는 손가락으로 쓱쓱 읽어 냈다. 일상에 존재하는 물건, 장소를 손끝으로 만질 수 있게 됐고 그러면서 그간 보지 못했던 부분들이 보이기 시작했다. 우리 사회에 시각 장애인이 접할 수 있는 정보는 한정적이라는 사실을. 엘리베이터에 거꾸로 붙여진 층수, 스크린 도어에 잘못 표기된 안내 점자, 애초에 점자가 부재한 물건들까지. 눈으로 볼 수 없는 걸 손으로 보기 위해 열심히 익히고 외웠는데 막상 현실은 볼 수 없는 것투성이라니. 그런데 이런 사실조차 이전에는 몰랐던 것이다. 점자를 알지 못했다면 신경조차 쓰지 않았을 테다.

이 세상에서 우린 다양한 언어와 공존하고 있음을 떠올리면 좋겠다. 내가 그랬듯 서로의 삶을 알기 위해 그들의 언어는 어떤지 살펴보는 건 어떨까? 잘 모르겠다면 내 손등을 충분히 내어 주겠다. 멀게만 느껴졌던 우리의 세계를 하나로 공유하기 위해 우리 사이에 점 하나를 찍어 본다. 수두룩한 언어 속에서 당신과의 대화가 끊기지 않도록, 세상에 다양한 언어가 곳곳으로 펴질 수 있도록.

아무것도 하지 못하는 사람은 없어요.

아무것도 하지 못하도록 만들어진 사회 속에서 우리는 열심히 달리고 있으니까요.

뭐라도 해내려 작은 변화의 불꽃을 꺼뜨리지 않고자 노력하는 거죠.

내 꿈의
퍼스널 컬러

영어는 못해도 해외는 가고 싶었다. 그래서 다짜고짜 한 복지 재단에서 주최하는 시각 장애 학생 해외 연수 프로그램을 신청했다. 당시 고등학교 3학년이던 나의 영어 실력은, 말해 뭐하나 싶다.

"우령이는 한국어 면접에 집중하자. 말 잘하니까."

영어 선생님이 이렇게 말씀하실 정도로 영어와는 담쌓은 사람이었다. 그렇다고 영어를 싫어하는 건 아니었다. 잘하고 싶어서 한글보다 몇 배는 더 어려운 영어 점자도 빠르게 외웠고 영어 스피치 대회나 동아리도 꼬박꼬박 참여할 정도로 열정이 넘쳤다. 암기 하나는 자신 있었기에 중간고사와 기말고사 때도 출제될 영어 본문을 달달 외워 시험을 쳤다. 그렇게 갈고닦은 암기 실력으로 해외 연수 면접도 준비하기로 했다.

단 6명의 학생만 뽑아 3주간 영국 생활을 하게 해 주는 기회, 놓치고 싶지 않았다. 면접은 크게 4가지의 역량을 체크했다.

영어 글쓰기, 스피치, 영어 토론 그리고 한국어 면접. 이 중 내가 주력할 건 한국어 면접 부분이었다. 여기서 내 전부를 어필해야 했다. 다른 역량 중 자신 없는 토론은 제쳐 두고 자신 있는 분야에 집중하기로 했다. 이전에 해외 연수를 다녀온 선배에게 물어 글쓰기와 스피치 주제를 대략 파악했다. 어떤 주제가 나오든 유용하게 써먹을 수 있는 어휘와 단어를 익혀 시험을 보기로 했다.

면접 당일, 서울에 올라와 서강대로 향하는 길이었다. 서강대 캠퍼스는 내게 이미 익숙한 장소였다. 고등학교 1학년 때부터 겨울 방학이면 열리는 영어 캠프에 참여했는데 그 장소가 서강대였기 때문이다. 익숙한 장소에서 오는 안정감에 굳은 몸이 조금이나마 풀렸다. 대기실에 들어가니 반가운 사람들의 목소리가 들렸다. 영어 캠프를 같이 했던 친구들과 담당 선생님들이었다. 하지만 캠프 때처럼 밝은 기운은 덜했고 긴장과 냉기가 공간을 채우고 있었다.

"우령아, 합격했어!"

복도 끝에서 울리는 영어 선생님의 목소리와 함께 내 눈도 휘둥그레졌다. 합격이라고? 정말 내가 영국에 간다고? 믿기지 않았다. 그렇게 기쁨을 충분히 만끽하기도 전에 속전속결로 비행기에 오를 준비를 마쳤다.

12시간의 긴 비행을 끝내고 영국에 도착했을 때, 기쁨은 잠시였다. 어렵게 온 영국인데 다시 짐을 싸서 집에 가고 싶은 마음이 굴뚝같았다.

"Never speak Korean, from now on!"

3주간 진행하는 모든 일정 중에 한국어는 절대 사용하면 안 되는 언어가 되어 버린 것이다. 각오는 하고 있었지만 턱없이 부족한 나의 영어 실력이 걱정됐다. 그리고 그 걱정은 현실이 되고 말았다. 2주 동안 영국 학교생활을 함께한 스위스, 프랑스, 독일, 이탈리아 아이들과의 대화는 너무나 버거웠다. 그 때문에 시간이 지날수록 나의 태도도 엉망이 되었다. 수업 시간이 엄청난 부담과 스트레스로 다가왔기 때문이다. 나중에는 수업에 들어가지 않기 위해 꾀병을 부리기도 했다. 하지만 눈치 빠른 한국 선생님들은 나를 따로 불러 이야기했다.

"우령이 네가 왜 뽑혔는지 아니?"

내가 합격한 이유에 대해서는 전혀 몰랐다. 알려 주신 적이 없으니 당연했다.

"우령이 영어 점수는 별로 안 좋았어. 그런데 왜 뽑혔게? 한국어 면접에선 네가 유일하게 100점이었고, 선생님들은 봤거든. 네가 영어 캠프 때 리더십 있게 아이들과 어울렸던 모습을. 그래서 데려온 거야. 그런데 지금의 넌 여기서 뭘 하고 싶은 거니?"

한동안 방 안에서 멍하니 있었다. 정말 난 왜 오고 싶었던 걸까. 그렇게 간절했는데. 시간은 빠르게 흘러 2주간 진행됐던 스토니 허스트 학교에서의 생활은 끝이 났다. 남은 일주일은 런던에서 시작됐다. 런던으로 이동하며 허투루 날린 2주를 만회하기 위해, 그리고 영국에 온 걸 후회하지 않기 위해 내가 정말 하고 싶은 것이 무엇인지 찾으려 했다.

영국에 처음 왔던 날, 점심으로 생전 먹어 본 적 없는 음식이 나왔다. 바로 라자냐였다. 나는 첫 라자냐의 맛을 한껏 음미하며 생각했다. 이곳에는 그동안 내가 몰랐던 것들이 넘쳐흐르고 있구나. 그러나 나는 길 잃은 아이처럼 움츠러든 채 아무것도 하지 않았다. 영국에서의 그 흐르는 순간 속에서 시간만 태우고 있던 것이다. 단 하루라도 오롯이 나를 위한 시간이 주어진다면 무엇을 하는 게 좋을까? 그 물음에 답을 찾으라는 듯 좋은 기회를 얻었게 되었다. 런던에 있던 일주일 중 딱 하루 시각 장애 학생들이 직접 일정을 짜서 자유롭게 여행할 수 있는 시간이 주어진 것이다. 축구를 좋아하는 아이, 화장품을 좋아하는 아이, 색다른 영국의 음식을 다 먹어 보겠다는 아이까지. 우리 5명은 각자 자신이 원하는 걸 말하고 흩어졌다. 나의 발걸음도 한층 가벼워졌다. 아이들이 각자 좋아하는 걸 말하는 순간 나도 꼭 가 보고 싶은 곳이 떠올랐기 때문이다. 바로 BBC 방송국이었다. 해외 앵커들은 어떤 모습일지 궁금했다. 한국에서는 볼 수 없는 새로움을 체험할 수 있겠다고 느꼈다. 동시에 나의 꿈인 아나운서에 대해 더 넓은 시야를 갖게 해 줄 거라 확신했다.

BBC 방송국 문 앞에 도착하니 그 설렘은 배가 됐다. 내 인생의 역사적 순간이자 또 다른 가치를 심어 준 잊지 못할 순간이기도 했다. 방송국 안의 유리 벽을 통해서 업무 중인 직원들의 모습을 확인했다. BBC 명찰을 차고 돌아다니는 직원들을 보면서 동경과 부러움을 느꼈다. 직원 식당에서 밥을 먹다가 쳐다본 커다란 모니터 화면에서는 기상 예보를 하고 있었다. 나는 모니터 화면을 빤히 응시했다. '남자네? 아저씬데?' 한국에서는 늘 젊고 예쁜 기상 캐스터가 화면을 채웠다. 그런데 이곳 모니터 화면에 나오는 사람은 중년 남성이었고, 외모도 그렇게 출중하진 않다며 옆 사람이 말했다. 그러나 나는 안정적이고 편안한 그의 진행에 매력을 느꼈다. 화면을 보고 있으니 잔잔하게 생각이 스몄다. 겉모습보다 중요한 건 내면에서 빛나는 색깔이구나. 그의 진행은 잠깐 봤을 뿐인데도 매료될 만큼 계속 듣고 싶었다. 그를 보며 나는 짙은 갈색 나무를 떠올렸다. 오래된 나무에서 풍겨 오는 진중함과 묵직함을 저 사람이 가지고 있다는 생각이 들었다. 동시에 나 스스로는 어떤 색을 가진 사람인지 알고 싶어졌다.

BBC를 나오고 한국에 돌아오기 전까지 나의 고유한 색은 무엇일지, 또 어떤 색을 갖고 싶은지 생각해 보았다. 사실 나도 아나운서라면 예쁘고 젊은 사람을 먼저 떠올렸다. 실제 TV에서도 그런 앵커들이 많았으니까. 하지만 이번 영국 경험을 토대로 알게 된 한 가지가 있다면 바로 색을 가져야 한다는 것이다. 편견에 갇히지 않을 나만의 색을, 그 누구도 흉내 내거나 따라 할 수 없는 나만의 색깔을 가져야 한다는 것.

그 색깔을 찾아가는 과정이 마냥 쉬울 거라고 생각하지 않는다. 나를 들여다보기 위해선 수많은 장벽에 부딪쳐야 할 테니까. 영국에서 돌아와서야 들은 말이지만 BBC를 가겠다고 결정한 후부터 내 눈에 생기가 돌았다고 한다. 반짝반짝 빛나던 눈을 함께 갔던 선생님들은 기억한다고. 정말 그랬다. 내가 진정으로 하고 싶은 일을 찾으니 온몸에 활력이 돌았다.

나만의 색을 갖기 위해서는 일단 내 안의 소리를 들어야 한다. 무엇을 원하는지, 어떤 일을 할 때 무작정 가슴이 뛰는지. 그리고 그 방향성을 확고히 잡아 앞으로 직진하면 된다. 만약 내가 영국에서 여전히 꾀병만 부렸더라면? 영국에 온 이유를 선생님이 따끔하게 묻지 않으셨더라면? 영어는 못하더라도 해외에 꼭 오고 싶었던 이유를 잊어버렸더라면? 나는 그 무엇도 이루지 못했을 게 뻔했다. 깨닫지 못했을 것이다. 그러니 내 안에서 작게 반짝이는 빛을 유심히 들여다보길 바란다. 그 빛을 알아채야 온전히 반짝일 수 있으니까.

무채색 일상에 단조로움을 느끼고 있나요? 나도 주변도 딱히 특출난 색깔을 갖지 않은 것만 같죠.

그럴 때는 나를 가장 생동감 넘치게 만드는 일 한 가지만 떠올려 봐요. 생각났다면 거울을 볼래요? 당신의 아름다운 눈이 반짝이지 않나요?

무채색이면 어떤가요. 당신이 좋다면 그게 당신만의, 나만의 색인 거죠.

원 밖에서
원 안으로

오래된 문과대 건물 앞에 다다랐다. 드디어 기다리던 첫 개강이었다. 같은 18학번 동기들보다 1살 많았던 나는 이미 대학 생활을 조금 알고 있었다. 나보다 일찍 입학한 친구에게 대학 생활 이야기를 들었기 때문이다. 20대라는 공통점으로 미디어커뮤니케이션학과에 모인 개성 다른 사람들이라니. 10대 시절과 달리 더 넓은 세상에 뛰어들었다는 사실이 강의실에 도착하니 실감 났다. 이곳에서 앞으로 최소 4년간 새로운 삶이 시작될 거라는 생각에 첫 단추를 잘 잠그자 다짐했다.

시각 장애 대학생으로 학교를 다니기 위해서는 미리 준비할 부분이 많았다. 가장 먼저 해야 했던 건 캠퍼스 길을 외우는 일, 특수 학교 때와 달리 보조 기기도 점자책도 없는 대학교에서 나의 학습권을 지키는 일, 그리고 새로운 친구를 사귀는 일까지. 교수님들께 과제를 받기 전부터 내겐 인생 과제가 수두룩했다. 이 중 나의 최대 관심사는 바로 '새로운 친구'를 사귀는 것이었다.

입학하기 전, 서로를 미리 알아 두라는 건지 전공 학과 단톡방이 만들어졌다. 그곳에서 동기들은 각자를 소개하고 처음 짜는 시간표도 공유하며 대화창을 채웠다. 대학마다 다르지만 내가 속한 학교는 신입생 장애 학생 우선 수강 신청이 불가능했다. 그래서 그 짧은 시간 내에 엄청난 속도로 수업을 잡지 않으면 1학기 시간표부터 최악일 수도 있었다. 머리가 아팠다. 수강 신청을 어떻게 해내야 하는지 어렵게만 느껴졌다. 컴퓨터 화면은 보이지 않고, 화면 낭독 프로그램 소리를 들어도 학교 홈페이지에 들어가기는 힘들었다.

그때 이미 대학에 다니던 한 친구가 방안을 전달했다. 교내 장애 학생 지원센터에 연락해 보라는 조언이었다. 그 말을 끝으로 곧장 전화를 건 나는 예상 밖의 말을 들었다. '그건 학생이 다른 사람 도움을 받아서 해야 할 것 같은데요. 수강 신청을 도와줄 방법이 저흰 없어요.'라는 무책임한 답변이 돌아왔다.

"아, 선생님 그러면 제가 개강했을 때 장애 학생 도우미 같은 지원을 받을 수 있나요?"

장애 학생 도우미는 내 장애 특성에 맞추어 이동과 학업적인 부분을 또래 학생들이 지원해 주는 서포터즈 활동이었다. 그런데 이마저도 돌아온 내용은 귀를 의심하게 만들었다.

"그게 되긴 하는데 학생이 새내기라 바로 매칭이 안 될 수도 있어요. 서포터즈 지원하는 비장애 학생도 별로 없고 개강하자마자 매칭될 확률은 낮죠."

그럼 이곳에서 해 주는 건 도대체 뭔가 싶었다. 그렇게 현실을 자각했다. 아, 전부 내가 헤쳐 나가야겠구나. 이후 나는 계속해서 울리는 단체 카톡 방에 글을 남기기 시작했다. 도움이 필요한 상황이기도 했고, 나를 미리 소개하며 처음 얼굴을 마주할 때 덜 어색했으면 하고 바라기도 했다.

「안녕하세요. 저는 이번에 함께 18학번이 된 허우령입니다. 저는 시각 장애가 있는데요. 그래서 얼굴을 보고 바로 인사를 못 하더라도 목소리로 기억해 볼게요! 그리고 혹시 저희 과에 계신 분 중에 장애 학생 도우미에 관심 있는 분이 계실까요?」

인사로 시작된 글은 나의 장애 여부와 장애 학생 도우미라는 근로 장학생에 관한 이야기, 그리고 곧 만날 날을 기약하며 친해지고픈 마음을 담았다. 나름 장문의 글을 보냈음에도 한동안 카톡은 잠잠했다. 나의 글이 당황스러웠을까, 괜히 말했을까, 아무 연락도 오지 않으면 어떡하지. 슬금슬금 불안이 몰려와 꺼져 있는 핸드폰만 바라보고 있을 즈음 개인 톡이 울렸다. 정말 기쁘게도 한 친구에게서 연락이 왔다. '주은'이라는 친구를 기점으로 몇 명의 친구들이 나에게 더 다가와 주었다. 그중에는 자신이 도와 주는 게 맞을지 고민하다가 조심스럽게 연락했다는 친구도 있었고, 이미 도움을 준다는 애들이 많을 것 같아서 타이밍을 놓쳤다는 친구도 있었다. 그렇게 다들 짧지만 나의 진심이 담긴 글을 보고 고민했다고 알려 주었다. 내가 내민 손을 잡아 준 아이들이었다.

사실 나도 비장애인이 다수인 대학에 잘 적응할 수 있을지 걱정했다. 6년이란 시간 동안 특수 학교에서 같은 시각 장애 아이들과 지내 왔고, 내 장애로 사회생활을 하는 데에 분명 제약받는 부분이 생길 거라 예상했다. 내가 비장애인 친구들에게 다가갈 때 실수하진 않을지, 어려워하진 않을지 머리 굴렸던 것처럼 친구들도 마찬가지였다. 장애인이 처음이라서 혹여나 실례가 되진 않을지, 어떻게 하면 좋을지 그들도 생각을 많이 했다고. 그렇게 주은이와 선희, 수연이를 만나면서 대학 내내 단짝 사총사로 수두룩한 시간을 보냈다.

명목은 장애 학생 서포터즈였지만 이는 우리 만남의 연결 수단이었다. 친구들과 단순히 수업 시간에만 도움을 주고받는 사이로 끝난 게 아니었기 때문이다. 같은 기숙사에 살고 있는 선희와는 매일 야식을 나눠 먹고 시시콜콜한 수다로 밤새우기도 했으며, 시험 기간이면 4명이 머리를 맞대어 공부도 했다. A+를 받기 위한 팀 프로젝트도 같이 수행했다. 방학이면 강릉, 대전, 인천 등 대학생의 로망인 친구들과의 여행도 다니며 '우정'이란 긴

밀한 단어로 묶였다. 생각해 보면 '장애 학생 지원센터'라는 이름 아래 무엇도 해 주지 않은 센터에 고마워해야 하는 건가 싶기도 했다. 살길을 스스로 개척했기에 좋은 친구들을 만난 거니까. 하지만 요즘도 문득 생각한다. 만약 내가 내밀었던 손을 아무도 잡아 주지 않았더라면 어떻게 됐을까.

대학마다 지원 시스템도 다르고 정책도 제각각이다. 아예 장애 학생 지원센터가 없는 학교도 있다. 또 다른 시각 장애인 친구 중에는 4년 내내 제대로 된 지원도, 마음 맞는 친구도 없이 학교생활을 억지로 이어 간 아이도 있었다.

'친구를 사귀려고 노력은 했어? 방법은 열심히 찾아봤어?'

때론 적응하지 못한 이에게 개인의 노력을 빌미 삼아 평가하려는 사람도 있다. 네가 더 적극적으로 해야 한다는 말로 '나'만 바뀌면 해결된다는 듯이 말이다. 관계를 형성하는 일은 혼자서 하는 게 아니다. 속해 있는 공간과 환경, 주변에 존재하는 사람들, 스스로가 기울인 노력 등 이 모든 재료가 잘 섞여 탄생하는 게 인간관계다.

나 또한 현재의 관계를 맺기까지 덜컹거림이 없던 것은 아니다. 어느 날은 친구가 속상한 일이 있었다며 이런 말을 꺼냈다.

"사실 우령 언니랑 친해졌다고 우리 엄마한테 말하니까 엄마가 왜 장애인이랑 노냐고…. 진짜 너무 기분 나쁘고 언니한테 미안했어."

이 말에 내 기분은 어땠냐고 묻는다면 솔직하게 털어놔 줘서 고마웠다고 말하겠다. 오히려 나를 소중히 생각한다는 걸 알 수 있었다. 그 말에 주눅 들지 않았다. 부모님들이 생각하신 대로 내가 친구를 힘들게 하는 존재였다면 우리의 연은 더 이상 이어지지 않았을 테니까. 의존만 바라는 사람이라면 그건 장애 유무를 떠나 어떤 관계든 힘들어지기 마련이다. 어쩔 수 없이 도움이 필요한 상황은 있었지만, 환경이 갖춰져 있으면 의존하지 않았고 스스로 성숙한 사람이 되기 위해 노력했다. 그럼에도 장애인에게 맞춰지지 않는 환경이 신경 쓰였다. 그래서 먼저 내가 몸담은 캠퍼스를 바꾸려 힘을 쏟았다.

학교, 총학생회, 장애 학생 지원센터와 끊임없이 소통하며 캠퍼스 내 점자 유도 블록 설치, 장애 학생들도 마음껏 즐길 수 있는 축제 진행, 방치된 장애인 화장실 관리 등 여러 방면을 바꾸고자 했다. 장애 학생들이 당연히 누려야 하는데 그러지 못한 교내 시설 개선부터 직접 행사 부스를 열어 같은 대학생들의 눈높이에 맞춘 장애 인식 개선 활동도 1학년 때부터 진행했다. 이 중에는 실제로 반영된 부분도 있었고 여전히 더딘 부분도 있다.

답답함을 느낀 지점은 매년 총학생회 임원들이 바뀔 때, 혹은 학교 담당자가 바뀔 때마다 매번 매 순간 똑같은 말을 반복해야 하는 점이었다. 입이 닳도록 말했지만 바뀌지 않았고 반복되는 상황에 지쳐 간다는 게 무엇인지도 깨달았다. 그러나 지치는 순간에도 다시금 힘을 불어넣어 준 이들이 있었다. 졸업할 즈음 무너져 가는 장애 인권 동아리를 찾은 사람들이었다.

나는 장애 인권 동아리에서 3년 동안 회장을 맡았다. 해가 바뀌면 회장도 바뀌어야 했으나 코로나19의 직격타를 맞고 비대면으로 돌아가는 일정 탓에 뒤를 이을 후배들이 없었다. 점점 줄어드는 동아리원, 관심 밖으로 밀려나는 인권. 동아리를 살려야 한다는 무게와 이젠 놓고 싶다는 갈등이 수시로 반복됐다. 어떤 이는 "네가 제대로 했으면 됐어.", "동아리원들한테 더 관심을 줬어야지."라는 말을 던지기도 했다. 개인에게 날아드는 화살은 또다시 내 노력을 부정했고 책임을 강요했다. 의무감이 더해진 이 시기가 나의 대학 생활 중 가장 힘들었던 순간이었다. 새내기 때와는 다른 어려움이 코앞에 닥친 기분이었다.

그러던 중, 신입생 시절 나와 함께한 이들처럼 곁에서 변화를 열어 준 사람들이 생겨났다. 동아리를 되살리는 데 관심을 가지고 찾아와 준 두 명의 후배, 언제든 필요한 게 있다면 불러 달라고 먼저 손을 내민 새로운 장애 학생 지원 선생님, 고민을 나누고 함께 해결하자고 손을 잡은 인권 국장 친구. 그리고 이 모든 과정을 가장 긴밀한 곳에서 지켜보고 힘을 보탠 나의 사촌사들까지. 혼자서 바꾸기에는 버거웠던 환경을 한 사람, 한 사람의 힘이 모여 달라질 준비를 마쳤다.

"혼자서 고생 많았어."

그들이 동시에 건넨 한마디는 지금 나는 혼자가 아님을 일깨워 줬다.

변화는 느릴 수 있다. 기약 없는 시간 속에서 답답하고 막막함도 느낄 테다. 그러나 개인에게 전부 떠넘기고 극복하라는 발상은 어리석은 짓이다. 그 무거운 짐을 함께 들어 주기만 해도 충분하다. 작은 관심이 한데 모여 더 좋은 방향으로 나아갈 게 분명하니까.

자꾸만 불안정하게 튕겨 나갈 것 같았어요. 그래서 내 몸을 지탱하려면 스스로가 중력이 되어야 했죠. 20대의 시작은 그렇게 세상 밖으로 떠밀리지 않고 버티는 힘을 길러야 했어요. 아슬아슬한 일이었죠.

그때 불현듯 만난 거예요. 나를 끌어당겨 주는 또 다른 중력을요. 그 힘이 서로를 붙잡아 주면서 우리는 언제 튕길지 모를 세상에서 꾹 버티고, 단단해지고, 연결되는 연습을 하고 있어요. 이곳에 안정적으로 정착할 수 있도록, 같이 말이에요.

전력 질주는 금방 방전된다

대학생이 되고 사회생활을 시작하면서 이전에는 상상도 못 한 일들을 해야 했다. 낯선 사람들을 만날 일이 많아졌고 적응해야 할 공간도 새롭게 생기기 시작했다. 스스로 느끼고 깨달아야 하는 경험들이 늘어났고 개인으로든 조직에서든 무언가 성취할 일도 수두룩했다. 한마디로 관계의 그물망에서 어떻게 살아가야 할지에 대한 고민이 필수였다.

내가 처음으로 다양한 사람들을 만난 건 동아리 '가날지기'에서였다. 교내 장애 인권 동아리인 이곳은 비장애 학생과 장애 학생 누구나 함께할 수 있었다. 18년도, 동아리에 막 들어왔을 땐 가날지기 또한 신생 동아리로 자리 잡는 시기였다. 멤버 수도 많지 않았고 '장애 인권'이라는 단어 자체가 사람들에게 어렵고 무겁게 느껴져 처음에 주류 동아리는 아니었지만 나는 오히려 그런 가날지기에 빠르게 흡수됐다. 고등학교 시절부터 학생회장과 여러 동아리 활동으로 다져 놓은 기획력과 리더십이 빛을 발했는지 모른다.

당시 지금보다 넘치는 적극성을 가지고 있던 나는 교내 학우들을 향해 전했다. 인권이라는 게 어렵고 무겁지만은 않다고, 우리의 일상에 늘 존재한다고. 그리고 새로운 동아리원 포섭도 빼놓지 않고 수행했다. 한두 명씩 뉴 페이스가 들어오면서 동아리는 북적북적 채워졌다. 40명 가까이 되는 사람들과 모임을 하는 것도 처음이었다. 특수 학교에서는 반 아이들조차 8명에 불과했는데 시각, 청각, 지체 등 다양한 장애를 가진 사람들과 장애가 없는 비장애 학우들까지 한곳에서 만날 줄은 정말 상상도 못 했다.

상황은 달라도 우리는 같은 고민과 생각을 가졌다. 누구나 즐기는 것처럼 똑같은 캠퍼스 라이프를 누리고자 했고, 부당한 취급 속에서 권리를 지키길 원했다. 점자 도서가 없어 원하는 도서를 읽지 못하는 상황, 경사로와 엘리베이터의 부재로 휠체어의 이동이 막히는 상황, 예산 문제로 속기사 지원을 받지 못하는 상황 등 대학생이라면 당연히 누려야 할 권리들을 자연스럽게 포기하는 장애 학생들의 현실에 서로 공감하고 개선을 위해 노력했다.

2학년이 되면서 나는 가날지기의 회장을 맡았다. 1학년 때부터 임원을 하며 더 가까운 곳에서 학교와 소통했던 몫도 컸지만, 사실 감투 쓰는 걸 좀 좋아했다. 내 안에는 리더십이 있고 그만

한 일 처리 능력도 높다고 생각했다. 사람들을 이끌면서 나 또한 성장할 기회가 많았기에 놓치고 싶지 않았다. 하지만 너무 앞만 보고 달렸던 걸까? 충만하게 채워진 자신감으로 전력을 다해 앞으로 나아가다가 문득 혼자 뛰고 있었음을 깨달았다.

나는 주로 어떤 일을 할 때 남들에게 피해 주는 것을 싫어한다. 특히 조 활동이나 동아리 활동처럼 단체로 진행하는 일에서 그 강박은 더 강해졌다. 상대가 조금이라도 어려워하거나 귀찮은 기색을 보이면 "그냥 내가 할게."라는 말로 상황을 종결시켰다. 정말 그게 속 편했다. 내가 조금 더 바빠지더라도 혼자 해결하는 게 나았고, 사람들도 이걸 더 편하게 생각할 거라 판단했다. 그러나 이건 온전한 나의 착각이었다. 내가 혼자 해내는 일이 많아질수록 동아리원들을 불편하게 만드는 격이 되었다.

"우령 누나는 왜 다 혼자 해요? 저희한테도 부탁해요."

그 말을 처음 듣고서는 허탈한 웃음이 새어 나왔다. 나도 혼자서 열심히 해 왔는데, 다들 하기 싫어하니 내가 다 한 건데. 끝내 돌아오는 말이 이런 거라니. 그리고 생각했다.

'그동안 나 진짜 뭐 한 거지?'

한동안 불타던 열정과 자신감은 순식간에 시들었고 슬슬 헷갈리기 시작했다. 내 행동이 잘못된 걸까? 대체 제대로 된 협동은 뭐지? 수많은 물음표 속에서 혼자 전력 질주해 지나온 길을 되돌아봤다. 모두가 나무 그늘 밑에서 함께 쉬어 가고 머물자는 의미의 '가날지기'라는 이름 아래서 공동체 정의를 다시 생각해 볼 필요가 있었다.

먼저, 공동체를 생각하기 전에 하나의 개인인 '나'를 살펴야 했다. 일할 때 목표로 두는 지향점, 에너지원으로 삼는 원동력, 타인에게 비치고 싶은 모습은 어떠한지를.

난 칭찬을 좋아한다. 무언가를 해냈을 때 뒤따라오는 칭찬이 곧 원동력이 됐다. 칭찬은 나의 원료가 되어 늘 빠른 성취를 얻게끔 도왔다. 학생회를 할 때는 칭찬과 격려로 늘 힘을 북돋던 사람들이 주변에 많았다. 선생님, 부모님, 몇 년을 함께한 친구들. 나를 정말 잘 아는 사람들이었기에 더 나에게 맞춰 주고 있었다는 걸 그땐 미처 몰랐다. 대학에 와서 완전 새로운 공간에 속하고 서로 다른 성향의 수많은 사람과 대면하면서 알게 됐다. 단체와 조직 활동에서 중요한 건 혼자만의 원동력이 아니었다. 각자가 할 수 있는 역할을 분배하고 그것을 조화롭게 만드는 것이 협동인데, 내가 그 사실을 놓치고 있었다.

나는 타인에게 '혼자서도 뭐든 잘하는 사람'으로 보이길 바랐다. 그러나 그런 마음으로는 절대 협동할 수 없고 좋은 협력자가 될 수도 없었다. 자칫 사람들이 나의 기대에 부응하지 않으면 그대로 방전되었다. 혼자 뭘 한 걸까. 왜 내 노력을 알아주지 않는 걸까. 이런 생각은 때로 독이 된다는 걸 이곳, 가날지기에서 깨달았다. 특히 인권을 외치는 우리는 더더욱 혼자가 아닌 함께 뭉쳐야 했다. 혼자가 아닌 서로 맞춰 가는 일, 그게 내가 속한 장애 인권 동아리의 목표였기 때문이다.

사람마다 일하는 방식이 전부 다를 수밖에 없다. 그 다름을 억지로 바꾸라 말하지는 않겠다. 난 여전히 혼자 일을 해결하는 게 더 편하고, 고래도 춤추게 하는 칭찬을 좋아한다. 다만 내가 속한 조직과 단체의 가치를 잊지는 말아야 한다. 그 가치를 곱씹으면 혼자 뛰는 속도를 다른 이들의 발걸음과 맞출 수 있을 것이다. 방전되지 않고 꾸준히 걸어가는 것. 사람들의 감정과 생각을 마주하며 함께 걷는 것. 그 길에서 분명 더 큰 배움과 성장을 마주할 것이다.

나는 여전히 어렵고 서툰 인간관계 속에서 협동하고 있을지도 모른다. 서툴기에 더 많은 시행착오를 겪어 곁에 머물고픈 사람이 되고 싶다.

광주에서 담양까지 34km나 되는 거리를 2인용 자전거로 완주한 적이 있어요. 다리가 아프고 엉덩이에 마비가 오는 듯했죠. 그러나 페달을 쉴 수는 없었어요. 저는 '둘'이기에 가능한 자전거 위에 올라탔으니까요. 뒤에 있는 제가 아무것도 하지 않으면 오르막도, 비탈길도 전부 앞사람이 감당해야 했죠. 이미 우린 같은 속도, 같은 방향을 향해 달리는 중이었으니 '혼자'라는 생각은 무의미했어요.

달리는 바퀴 위에서 하나로 묶인 우리에게 고통도 성취도 혼자만의 몫이 아니라는 걸 늘 기억해 주세요.

일은
요란하게
벌여야 제맛

대학 과정을 모두 마치고 졸업만을 기다리고 있는데, 갑자기 고등학교 담임 선생님으로부터 전화가 걸려 왔다.

"어, 우령이 아직 건대에 있나?"

시원시원한 경상도 사투리와 함께 웃음을 머금은 선생님의 목소리는 금세 나를 18살로 돌아가게 만들었다.

"네, 쌤. 저 4학년은 다 다녔고 졸업 유예 중이에요."

나의 대답이 반가운 듯 선생님은 말을 이었다. 대학 원서를 막 접수한 고등학교 아이들을 데리고 서울권 선배들의 대학교를 투어하고 싶다고. 그중 건국대학교를 다니는 나도 선배 후보에 올라가 있다고 말이다. 학교를 졸업한 지 5년이 지난 지금, 후배 중에 아는 아이들은 몇 없었다. 그럼에도 흔쾌히 가이드를 하겠다고 답한 건 단순했다. 선생님들이 보고 싶어서. 학교의 향기가 그리워서.

고등학교 시절, 나는 꽤 열정적인 아이였다. 방송부 아나운서부터 학생회장까지 학교에서 진행하는 활동과 행사에 적극적으로 임했다. 언제는 교외 활동으로 광주 고등학생들을 대상으로 하는 모의재판에 참여한 적이 있다. '시각 장애 학생들이 모의재판을? 법원을?'이라고 생각할 수 있겠지만, 그 당시 나는 다양한 경험을 하고 싶었다. 감사하게도 그 부푼 욕망을 선생님들은 흔쾌히 지원해 주셨다. 모의재판에 참여하게 된 것도 형사 출신이던 경상도 선생님(내게 전화했던 그 선생님)의 지지가 컸다.

"우령이가 주도해서 애들이랑 재판 시나리오 짜 봐라."

한번 맡은 일은 끝까지 책임져 최선의 결과를 내고 싶었던 나는 곧바로 시나리오 작업에 들어갔다. 가출 청소년, 학교 폭력 등 청소년 범죄에 큰 논제가 되는 사건들을 우리 입장에서 어떻게 해결할 수 있는지 생각해 보고, 대회에 함께 참가할 아이들의 성격과 특성을 고려해 역할을 분담했다. 어떻게 보면 이때부터 현재 유튜브 채널에서 쇼츠 콘텐츠로 만드는 상황극, 즉 연기와 시나리오에 눈을 떴는지도 모르겠다.

장점일 수도, 누군가에게는 피곤한 성향일 수도 있겠지만 그때나 지금이나 완벽을 위해 끝까지 파고드는 경향이 있다. 그래서 모의재판을 준비하는 동안 실제 법정을 찾아가기도 하고, 재판 현장을 방청하기도 했다. 전반적인 시나리오를 구상한 후에는 연기 실력을 갈고닦았다. 증인부터 피고까지, 특히 눈물 연기를 맡으면서 역할에 더 몰입하려 애썼다. 발 연기로 때로는 서로 웃기도 하고, 때로는 날카로운 피드백을 보내기도 했다. 지금도 그 기억이 즐거움으로 남아 있는 건 함께해 준 친구들과 선생님 덕분이 크다.

1학년부터 3학년 학생 수를 다 합쳐도 30명이 넘지 않는 아이들은 각자를 지겨울 정도로 이해했다. 중학교 때부터 고등학교까지 한 반에서 뭉친 아이들은 한 명씩 뜯어보면 개인 취향이 확고했다. 눈을 감고 4차원적 상상에 빠지는 아이, 일본어와 애니메이션을 급식보다 더 챙기는 아이, 컴퓨터와 일심동체가 된 아이까지. 모두가 자신만의 확실한 캐릭터를 갖고 있었다. 그 사이, 나는 일명 '일 잘 벌이는 아이'로 찍혔던 듯싶다.

모의재판도 그랬다. 나의 막무가내 일 벌이기에 늘 묵묵히 어울려 준 아이들에게 새삼스럽지만 고생했다는 말을 전하고 싶다. 축제 기간에는 연기와 춤, 노래를 부르자 조르기도, 학생회를 하면서는 점심시간에 모두 손걸레를 들고나와 보행을 위한 핸드레일의 먼지를 닦기도 했다. 모든 순간 툴툴거리고 싫은 소리를 뱉으면서도 친구들은 나의 일 벌이기에 동참해 줬다. 이런 스킬은 친구들뿐만 아니라 선생님들에게도 번졌다. 사실 선생님들은 나의 불씨가 더 활활 타도록 장작을 던져 주신 거나 다름없다.

특수 학교에 다니면서 전교 회장이 된 나는 여러 방면에서 일 벌이기 속도를 올렸다. 그중 하나가 '비장애인과의 만남 추진'이었다. 특수 학교에서의 생활이 길어지며 늘 울타리 안에 머문다는 생각을 지우지 못했다. 같은 장애 아이들, 특수 교사 선생님들과의 관계는 가족보다 돈독했다. 그래서일까, 어느 순간 외부와 단절됐다는 생각이 들었다. 실제로 유치원 시절부터 특수 학교에 다닌 선천적 시각 장애 아이들은 친구라고 해 봤자 학교에 있는 사람들이 전부였다. 누구보다 진한 우정과 관계를 맺기는 쉽지만, 그 관계 맺음이 더 넓은 세상으로 뻗어 나가지는 못했다.

나도 중·고등학교를 다니면서 일회성으로 이뤄지는 통합 교육에 불만이 있었다. 통합 교육이란 특수 교육 대상자가 일반 학교에서 장애 유형, 장애 정도에 따라 차별받지 않고 비장애 학생들과 똑같은 교육을 받도록 하는 것인데, 우리 학교에는 한 달에 한 번 또래 비장애 학생들이 일반 학교에 방문하는 것으로 이루어졌다. 통합 교육과 반대로 일반 학교에서 특수 학교로 교류하러 오는 것을 '역통합 교육'이라고 불렀다.

'친구'라는 이름으로 만난 우리는 학교 근처로 나들이를 가거나 요리 수업 등 특정 활동을 함께했지만, 연결은 그걸로 끝이었다. 밀물처럼 밀려왔던 그들은 수행 시간이 끝나면 썰물처럼 학교를 빠져나갔다. 새로운 사람을 만난다는 건 분명 좋은 일이다.

짧은 시간이었지만 또래 친구들을 만날 기회가 별로 없던 내게 그 시간은 즐거움으로 채워졌다. 그런 시간을 더 기다리기도 했다. 하지만 한편으로는 나를 너무 수동적인 존재로 만든다고 생각하기도 했다. 항상 비장애인 친구의 손을 잡아 도움을 받고, 무언가를 스스로 하기보다 상대방의 행동을 따라갔다.

일방적으로 받기만 하는 존재, 이게 정말 우리가 원했던 관계 맺음일까? 나는 아니라고 생각한다. 우리의 연결이 '봉사', '교육'이라는 형식적인 틀에서만 이뤄지고 끊기는 게 아닌 단단히 묶일 방법은 무엇일까? 곰곰이 생각하다가 나는 학교 울타리 안에서 벗어나 더 넓은 세상을 마주하기로 결심했다. 나만의 언어로 위로와 힐링이 필요한 이들에게 마음과 마음을 잇는 존재가 되겠다고 마음먹었다.

비록 보이지 않기에 제약은 존재하지만, 그렇다고 다른 감각까지 결핍된 건 아니다. 두 귀로 사람들의 고민과 마음속 이야기를 충분히 들어 주고, 입으로 나오는 목소리를 통해 세상의 편견과 잘못된 인식에 맞서 싸우기도 한다. 때론 나와 같은 아이들의 손을 잡고 점자를 하나하나 알려 주기도 하고, 특수 교사를 꿈꾸는 예비 선생님들 또는 비장애 친구들과의 시간을 통해 시각장애인의 삶이 어떤지 공유하는 만남을 추진하기도 했다. 카페에서 똑같이 수다를 떨고, 비슷한 고민과 관심사를 나누며 직접 만든 점자 엽서를 선물하기도 했다. 그렇게 그들과 나의 세계를 하나로 연결해 나갔다.

차차 시간이 흐르면서 지금은 누군가에게 나만의 무언가를 줄 수 있는 사람이 되었다. 수동적인 사람에서 그치지 않으려 일단 무슨 일이든 저지르고 봤다. 능동적인 듯하면서도 조금은 요란한 나로, 그렇게 살아간다.

일방적인 사랑, 일방적인 도움, 일방적인 대화.

관계에 '1'만 있다면 그건 성립되지 않는 맺음이에요. 마치 읽지 않았다는 '1'의 표시처럼 사람을 초조하게, 찝찝하게 만들기도 하죠. 관계에서의 '일방'은 언제 끊어져도 이상하지 않으니까요.

양방향으로 서로를 사랑하고 도움 되는 삶을 살아요. 그렇게 가슴 꽉 차는 대화를 함께 나누어요. 나는 당신과 그러고 싶어요.

숨겨진 자유
VS 펼쳐진 자유

'어떤 기회가 더 좋은 선택지일까?'

살면서 찾아오는 수많은 기회 중 어떤 것은 스쳐 보내야 할 때가 있고 어떤 것은 잡아야 할 때가 있다. 그 갈림길에 놓였다. 아나운서를 준비하면서 이런저런 대회에 자주 참가했다. 그중 처음 도전하는 성우 콘테스트에 선발되어 8월 본선만을 앞두던 중, 대학 친구들과 함께 준비했던 프로젝트의 진행 날짜 또한 다가온 것이다.

'가날지기' 회원이었던 우리는 나를 포함한 시각 장애인 2명, 지체 장애인 1명, 비장애인 3명이었고 장애 여부와 상관없이 앞으로 무얼 해야 할지 고민하고 있었다. 그 고민은 이내 다른 세상에서 답을 찾아보자는 것으로 결론이 났다. 그래서 다양한 인종이 모이고 여러 사람이 꿈을 펼친다는 뉴욕에 가는 것을 목표로 그 안에서 여러가지 프로젝트를 준비해 왔다. 그런데 뉴욕으로 떠나려 계획한 날짜가 하필이면 성우 콘테스트 본선 날짜와 딱 겹쳐 버린 것이다.

뉴욕에 가기 전날까지 머릿속에서 고민은 떠나질 않았고, 인천 공항 비행기를 타러 가는 중에도 대회를 포기한 것에 대한 아쉬움이 가시지 않았다. 하지만 후회하지는 않았다. 내가 미국행을 택한 이유는 그동안 각자의 꿈을 고민하고 세상 바라보는 시야를 넓히려 힘쓴 친구들이 있었기에 가능했고 그곳에서 나 또한 더 큰 가능성을 찾고 싶었기 때문이었다.

미국에 도착한 우리는 프로젝트의 첫 인터뷰를 진행하기 위해 부랴부랴 준비했다. 대망의 첫 타자는 미국에서 자폐 학생을 가르치는 한 선생님이었다. 그 선생님과 대화하며 가슴 깊이 각인 된 문장 하나가 있다.

"제가 미국에 살면서 느낀 건, 이곳은 장애인을 쉽게 만날 수 있다는 거예요. 그들이 카페에서 일하든 어떤 곳에 있든 이상하게 보거나 눈치를 주지 않죠."

22살 여름, 나는 카페에서 인생 첫 아르바이트를 시작했다. 본격적인 아르바이트를 하기 전 한 달 동안 커피머신 사용법과 여러 종류의 커피 제조법을 배웠다. 모두가 걱정했던 뜨거운 커피도 조금만 주의를 기울이면 못 할 것도 없었고 스팀도 곧잘 내리는 편이었다. 비장애인보다는 다소 느리겠지만 그래도 배운 대로 잘하고 있다는 자부심이 있었다. 사장님 또한 "우령씨는 손재주가 있네."라는 말을 수시로 할 만큼 한 번 배운 건 잊지 않았다. 그런데 난관은 따로 있었다. 바로 손님맞이 후 터치형 포스기를 이용해 계산하는 일이었다. 포스기를 볼 수 없으니 카페 메뉴와 가격을 모두 암기했지만, 손님들이 밀려오면 버벅거리기도 했다. 물론 도움을 주시는 분들도 계셨지만 그렇지 않은 이들도 함께였다. 하루는 나이가 지긋한 손님께서 나의 장애를 알고 카운터 앞에서 질문 공세를 하기도 했다.

"아가씨 어쩌다 안 보여? 아이구, 안타까워서 어떡해. 이런 데서 일은 또 어떻게 해?"

미국에서 인터뷰를 진행하며 지난 경험이 스쳐 갔다. 아무도 나의 장애를 장애라고 생각하지 않는 게 한국에서 이루어질 수 있을까. 한국에 살면서 늘 장애인의 직업 다양성에 많은 고민을 했다. 한창 내가 입시를 준비하던 학창 시절 때만 해도 시각 장애인이 직업을 가지는 데에 한계가 있었다. 내가 품고 있는 아나운서의 꿈도 실현 가능성이 희박했으니까. 현실은 더더욱 얄팍했다. 장애인 고용을 법으로 지정해도 기업은 효율성을 중시했고, 장애인을 고용하는 대신 벌금 무는 쪽을 택했다. 회사에 들어가기 위한 면접을 봐도 장애인에게는 이런 질문을 날리고는 했다.

"회사는 어떻게 와요? 혼자서 뭘 할 수 있어요?"

그동안 준비한 경력은 중요하지 않았다. 몇 날 며칠을 갈고닦은 자기소개는 면접을 보는 순간, 혹은 입사 서류를 넣는 동시에 거품이 됐다. 아무리 명문대를 나오고 다양한 경험을 쌓아도 사람들에게는 그저 장애인일 뿐이다.

첫 인터뷰를 마친 저녁 시간, 브루클린브리지를 걸었다. 넓은 강과 상쾌한 바람이 그간 장애인에 대한 시선과 낙인으로 흘린 땀을 식혀 주는 듯했다.

뉴욕에 계속 머물면서 또 한 번 인상적인 이들을 만났다. 메트로폴리탄 뮤지엄에서 만난 시각 장애인 프랑스 직원 메리. 그녀는 그림에 관심이 많아 박물관에서 일하고 싶어 미국으로 왔다고 했다. 프랑스에서는 아무리 노력해도 이룰 수 없는 꿈이었기에 여기까지 왔다고 덧붙였다. 예술의 고장인 프랑스에서도 시각 장애인이 꿈을 펼칠 기회가 없다는 말에 씁쓸하면서도 그림을 좋아한다는 그녀에게 동질감을 느꼈다. 흔히들 시각 장애인이라고 하면 예술에 관심이 없을 거라 여기지만 그렇지 않은 이들도 있다. 나 또한 화가의 꿈을 가졌던 사람으로서 실명 후 몇 년간은 꿈을 쉽게 포기하지 못했다. 남은 시력으로 나만의 그림을 그리고 싶었다. 몇 년 동안 간직해 온 이 꿈에 한순간 불가능 딱지가 붙었다는 사실이 아직도 먹먹하다. 이건 내게 다른 꿈이 생긴 것과는 별개였다. 화가의 길에서 내려올 때의 막막함, 불가능 속에서 가능성을 찾으려 발버둥 치기에는 자신이 없었다.

그렇게 박물관 일정을 마치고 센트럴파크를 걸으며 오늘 하루를 정리해 보았다. 우리에게 주어진 '가능성'은 무엇일까? 그건 분명 내가 하고자 하는 일을 가능하게끔 만들어 줄 게 틀림없다. 나는 내 안에 무한한 가능성이 존재한다고 믿는다. 그렇기에 언제까지고 이 가능성이 보이지 않는 무언가에 가로막히지 않았으면 한다. 센트럴파크처럼 우리가 하고자 하는 일 앞에도 더 이상의 걸림돌이 없어지길 바란다.

8박 10일간의 길었던 뉴욕 일정을 마치고 나는 다시 우버를 타고 공항으로 향했다. 인천에서 출발했을 당시처럼 목베개를 두른 채 무거운 캐리어를 끌고 비행기에 올랐다. 처음과 끝에서 겉으로는 달라진 게 없었지만, 머리에는 이런저런 생각이 가득했다. 나에게는 아나운서가 되겠다는 확실한 꿈이 있다. 그 꿈에 다가가는 과정은 막막했고 그래서 갈피를 잡기가 힘겨웠다. 한국에 돌아가서 내 꿈을 이루기 위해 무엇을 먼저 해야 할지는 미지수였다. 다만, 명확한 것은 내가 새로운 기회를 잡았다는 데에 있다. 꿈으로 향하는 길에서 그저 무기력하게 서 있지만은 않을 테다. 그 기회를 기틀로 미래로의 한 걸음을 용감히 떼기로 마음먹었다.

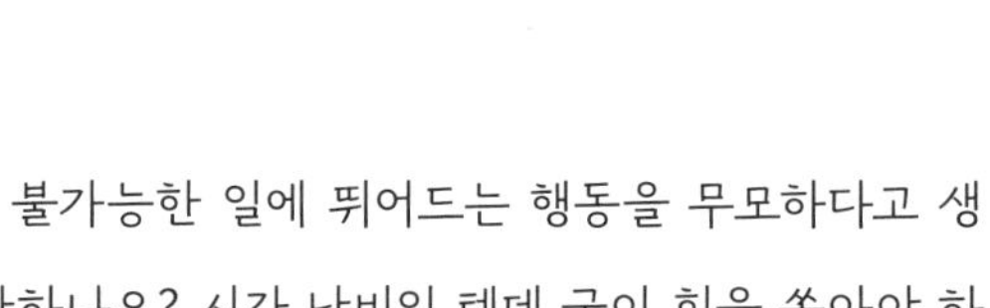

불가능한 일에 뛰어드는 행동을 무모하다고 생각하나요? 시간 낭비일 텐데 굳이 힘을 쏟아야 하나 싶은가요? 그래도 움직이지 않는 사람보다는 뭐라도 행동한 사람에게 기회가 찾아오더라고요. 세상이 정해 놓은 틀에서 빠져나오고 싶다면 발버둥이라도 쳐 봐야 하지 않겠어요?

세렌디피티,
완성되지 않은
나에게

인생을 살면서 목표로 둔 말 하나가 있다. 바로 '세렌디피티'. 이 단어를 처음 알게 된 건 고등학생 때였다. 문득 넘기던 책장 사이에서 발견한 단어이다. '우연한 기회를 잡아서 나만의 행운으로 만든다.'라니. 행운은 형태도 없고 막연하기에 간절하면서도 때론 야속했다. 그래서 나는 내가 운이 없는 사람이라고 생각했다.

조그마한 손에 쪽지 하나를 쥐었다. 31번이라고 쓰여 있는 종이를 빤히 들여다보며 제발 마이크를 든 사람 입에서 31번이 흘러나오기를 기다렸다. 주변 친구들 손에 공책과 방석, 색연필이 쌓여 가는 걸 보고만 있으려니 운이라는 게 참으로 얄미웠다. 그 후로도 운동회, 기념식 등 여러 행사에 꼭 등장하는 행운 추첨에 단 한 번도 당첨된 적이 없었다. 피해 가는 것도 재주라면 재주지 않을까 하는 생각마저 들 정도다.

'당첨되는 사람은 어떤 운을 타고 난 사람이지?' 같은 생각을 수백 번 했다. 별거 아닌 제비뽑기에서도 꽝을 택하는 경우가 다반사였고 내기만 했다 하면 지기 일쑤였다. 언제 올지 모를, 혹은 오지 않을 운을 하염없이 기다리는 건 싫었다. 그런 내게 행운을 나만의 것으로 만든다는 '세렌디피티'는 굉장히 흥미로운 말이었다. 이유 없이 불쑥 찾아온 행운이 아닌 내가 잡아 만든 행운이 더 뿌듯하고 기분 좋지 않을까.

물론 기회도 행운과 마찬가지의 모양새이긴 하지만, 보다 더 자주 찾아온다. 살아 보면 우리 인생은 수많은 기회와 그에 대한 선택으로 꾸려진 듯하다. 내게 찾아온 기회는 꽤 많았다. 방송부를 하면서 새로운 꿈을 잡았고, 유튜브를 하며 생동감 있는 경험을 쌓았다. 현재 곁에 머무는 이들이 하나같이 소중한 사람뿐이라는 것도, 3년 넘게 존재만으로 행복을 주는 하얀이와 함께하는 일상까지도. 이 모든 건 나의 선택으로 이루어진 전부다. 놓칠 것인지 붙잡을 것인지는 매 순간 찾아오는 기회이기도 하다. 분명 나 또한 아깝게 흘려보낸 기회가 수두룩할 테고, 놓지 않고 꽉 잡은 기회도 있을 것이다. 그중 정말 간절히 잡고 싶던 기회가 있었는데 드디어 그것을 잡게 됐다.

2023년 2월, 대학 졸업을 앞두고 있을 때였다. 곧 사회에 나설 예비 사회인 모두가 고민하듯 진로 때문에 머리를 싸매는 중이었다. 물론 유튜브를 운영하면서 만들고 싶은 영상을 제작하고 어느 정도의 수익을 벌고 있었다. 거기서 맺은 인연으로 사회생활도 미리 경험했다. 하지만 학생의 신분을 떠나 직접 모든 것을 꾸려 나가야 한다는 현실은 압박이 될 수밖에 없었다. 누군가는 내게 명확한 꿈이 있어서 미디어커뮤니케이션학과에 들어와 뉴미디어 활동으로 계속 꿈을 향하지 않았느냐고 묻기도 했다. 그러나 오랫동안 품은 나의 꿈, 아나운서가 되는 일에는 아직 구체화를 완벽히 하지 못했다. 그전에는 한 적 없었던 '아나운서가 될 수 있을까?' 같은 현실적이고 불안한 감정도 생겼다. 주변에선 "그래도 우령이는 하고 싶은 거 하고 있잖아. 명확한 꿈이 있잖아."라고 말해 주며 대단하다고 추켜세우기도 했고, "아나운서가 꼭 되어야 할까? 다른 방향은?"이라며 힘든 길이 아닌 다른 길을 생각해 보라는 말도 들었다. 이런저런 말에 치여서 그런지 작았던 고민은 순식간에 커다랗게 불어났다. 꿈이 명확한데 왜 초조할까. 무엇이 날 불안하게 만드는 걸까.

시간이 흐를수록 생생했던 빛이 옅어지는 기분이었다. 그럴수록 마음을 다잡고 머리를 굴리려 노력했다. 아나운서가 되고 싶었던 이유, 이루면 하고 싶었던 일들, 나의 행복 등 원하는 걸 떠올렸다. 사실 26살의 나는 그렇게 완벽하거나 완성된 사람은 아니었다. 그렇기에 정말로 아나운서에 도전하면 잘할 수 있을지 나 자신을 의심했다. 하지만 이것만은 알고 있었다. 기회는 나의 완벽을 기다려 주지 않는다는 것을.

"아직 아니야. 조금만 이따 와. 더 준비됐을 때 찾아와 줘."

그런 생각을 하자마자 코웃음이라도 치듯 그것은 한순간 내 어깨를 툭 치고 지나갔다.

"나 왔어. 잡을 거니? 흘려보낼 거니?"

이번에 내 어깨를 치고 간 건 그저 보낼 수 없는 기회였다. 어떻게 보면 첫 기회기도 했다. 그토록 원하던 아나운서의 꿈을 현실로 만들 기회였다. 졸업이 얼마 남지 않은 시기, 제7기 KBS 장애인 앵커 선발 공고가 떴다. 그것도 대학을 졸업하자마자. 타이밍이 좋다면 좋았던 거고 자신감이 채워지기 전에 기회가 온 기분이라 썩 기쁘기만 한 소식도 아니었다.

'하…. 지원해야 해? 말아야 해? 내 실력으로 될까? 그런데 놓치고 싶지는 않아….'

머릿속에서는 여러 갈등이 소용돌이쳤지만 역시 잡고 싶은 마음이 더 컸다. 처음으로 내게 온 기회를 잡아야 한다고 떨리는 가슴이 외쳤다. 이 기회를 내팽개치기에는 기다린 시간이 아까울 듯했다. 어차피 떨어져도 경험이 될 테니 괜찮지 않을까 싶었다.

일단 노트북을 켰다. 대학 입시 이후 오랜만에 제대로 된 자기소개서를 써 내렸다. 오랜 기간 유튜브 촬영으로 이제는 너무나 익숙해진 카메라 앞에 그 어느 순간보다 낯설게 앉았다. 렌즈가 마치 면접관처럼 느껴져서 몇 번이고 뉴스 원고를 반복하며 가장 만족스러운 모습이 나올 때까지 1차 카메라 테스트를 준비했다. 그리고 몇 시간 후, 전부 내 손을 떠났다. 클릭 한두 번으로 쉽게 제출이 완료됐다. 모든 걸 전송 버튼과 함께 보내고 나니 기회를 외면하지 않은 것만으로도 뿌듯함을 느꼈다. 놓치지 않았던 기회는 마치 자신을 잘 잡았다고 응답해 주듯, 얼마 지나지 않아 믿기지 않는 소식을 들고 왔다.

「1차 테스트 합격 대상자입니다.」

'합격'이란 두 글자에 심장이 빨라졌다. 이건 행운일까, 기적일까? 아니다. 이건 세렌디피티였다. 기회를 잡아 만들어 낸 행운, 망설이고 무시했다면 오지 않았을 행운이었다.

2차 테스트 날, 옷장에서 파란 재킷을 꺼내 걸쳤다. 평소에는 신지 않던 흰 구두도 꺼내 신었다. 실제 방송국으로 향하는 길은 컴퓨터 앞에서 자소서와 카메라 테스트 영상을 제출할 때보다 몇 배는 심장이 두근거렸다. 사람이 긴장하면 목과 어깨, 손이 저리다는 것도 처음 느꼈다. 그만큼 간절했으니 긴장할 수밖에. 오늘만큼은 후회를 남기고 싶지 않았다. 이런저런 생각을 하니 내 차례는 금방 왔다. 뉴스 스튜디오에 입장해 왼쪽 귀에는 인이어를 끼고 오른쪽 귀에는 준비한 이어폰을 꽂았다. 점자가 느린 내가 뉴스 원고를 빠르고 정확히 읽으려면 소리를 듣는 게 최선이었다. 방송부 시절부터 터득해 대학에서 피피티를 발표할 때도, 1시간이 넘는 강연을 진행할 때도 사용했던 방법이다. 오랜 시간 몸에 익숙해진 방법이었기에 떨리지만, 차분히 원고를 읽어 나갔다. 어렵다는 말이 목 끝에 걸렸으나 해냈다고 내뱉으며 마무리 지은 2차 테스트였다. 두 번째 시험 결과는 어떻게 됐을지 정말 궁금했다.

핸드폰을 하루 종일 손에 쥐고 있었다. 화장실 갈 땐 두고 다니던 핸드폰인데 그때는 분신처럼 데리고 다녔다. 불합격이든 합격이든 일단 듣고 그다음 행동을 하고 싶었기 때문이다. 지금은 기다리는 것 말고는 별수가 없었다. 다시 카메라 앞에 앉아 렌즈를 마주했다. 유튜브 촬영을 진행해야 했다. 렌즈는 어느덧 다시 익숙한 존재가 되어 나를 찍고 있었다. 그때 핸드폰이 짧게 울렸다.

「최종 합격」

"…."

23년 3월에 KBS로 첫 입사를 하게 됐다. 길었던 꿈이 실현되는 순간이었다. 정말 꿈을 꾸는 것만 같아 자꾸만 믿기지가 않았다.

KBS에서의 생활도 어느덧 3개월이 훌쩍 넘었고, 신입 앵커인 나는 내 이름을 걸고 〈생활 뉴스〉 코너를 맡아 진행하고 있다. 여전히 방송국 카메라는 매일 매일 새로운 긴장감을 준다. 전과 달리 이제 카메라는 시청자의 눈이기에 더 큰 책임감이 더해졌다. 출근길 택시에 앉아 생각했다. 택시 라디오에서는 다른 아나운서의 목소리로 뉴스가 전달되고 있었다. 발밑에선 하얀이가 아침잠이 덜 깬 듯 새근새근 코를 움찔거렸다.

'꿈을 이룰 수 있는 행운, 난 이걸 어떻게 잡았을까.'

우연한 기회를 나만의 행운으로 만드는 건 마냥 운이 좋다는 것만을 의미하지 않는다. 간절하기만 해서 잡을 수 있는 게 아니다. 기회를 잡기 위한 용기, 그에 들인 시간과 노력도 나만의 행운을 조리하는 중요한 재료였다. 택시 기사님이 창밖에 시선을 두고 있는 내게 말을 걸었다.

"KBS 직원이세요? 뭐 하러 가요?"

세렌디피티를 이루기 위해 내가 준비한 시간. 앞으로 내 인생에 또 다른 행운이 오길 바라며 나는 다가올 그것을 한 번 더 잡으려 노력할 예정이다.

어느덧 1년이 지났어요. 긴장만 하던 신입 시절을 지나 조금은, 아주 조금은 유연해진 1년 차 앵커가 되었네요.

간절했던 기회를 잡고 나니 이런 생각이 들더군요. 처음 꿈이 내게 다가왔을 땐 '해냈다.', '끝이다.' 하며 그것이 나의 마지막 세렌디피티인 마냥 기뻐하고 안주했죠.

하지만 여기가 끝이 아니라는 것을 알게 됐어요. 한 뼘이라도 성장하기 위해서, 새로운 기회를 붙잡기 위해서 무뎌지면 안 되겠다고 다짐합니다. 지금의 저는 여전히 미완성 상태이니 다시 달려가 봅니다.

피어난 꿈과
깨어난 현실

꿈에서 깨면 현실이다. 단잠처럼 달기만 하던 상상이 실제가 되자 꿈을 음미할 시간은 짧아졌다. 당장 해결할 일들이 몰렸기 때문이다. 첫 출근, 그토록 기다리고 원하던 일이었는데 정말 말 그대로 첫 출근을 어떻게 할 것인지에 대한 걱정이 스멀스멀 올라왔다. 나의 합격 소식에 부모님의 기쁨도 잠시였다.

"그런데 너 출근은 어떻게 하니?"

휴대폰 너머 환성이 한숨으로 바뀌었다. 일단은 나도 대책이 없었기에 늘 그랬듯 부모님께는 '내가 알아서 할게.'라는 말을 남기고 전화를 끊었다. 이제부터 고민은 시작된다. 나의 출근 시간은 오전 10시 30분까지다. 이 시간에 맞춰 출근하기 위해 선택 가능한 방안은 대강 두 가지가 있다.

첫 번째로는 많은 사람이 출퇴근할 때 이용하는 지하철이다. 하지만 이때까지도 나는 서울 지하철을 완벽히 익히지 못한 상태였다. 눈이 보였을 땐 지방에서 살았기에 지하철을 타본 적이 없었다. 그래서 이번에 처음 타는 지하철은 나를 인생 최초로 롤러코스터에 탑승하는 어린아이로 만들었다. 지하철을 타기 위한 과정을 상상하는 것만으로도 고도의 긴장감이 몰려왔다. 개찰구 위치는 어떻게 찾고 교통카드는 어떻게 찍어야 할지, 출구의 번호와 노선은 또 무엇으로 확인해야 하는지 막막했다. 게다가 열차 안 빈자리를 찾는 일과 소음 속에서 청력만으로 안내방송을 들어야 했는데, 전체적인 일련의 과정이 불안했다. 스크린 도어와 열차 사이의 빈틈도 공포로 다가왔다. 역마다 다른 간격으로 난 틈을 보지 않고 얼마나 발을 뻗어야 거기 빠지지 않을까. 걱정되는 건 당연했다. 하나부터 열까지 예측 불가였다.

그러나 이 모든 게 현실이었으니. 대학을 다닐 적에는 어찌어찌 피했지만, 사회생활은 그럴 수 없다. 새로운 시작 앞에서 겁먹지 않아야 했다. 다행히도 내 곁에는 하얀이가 있다. 그렇게 이번에는 하얀이와 등굣길이 아닌 출근길을 새롭게 익혀 나갔다. 반나절 동안 훈련사 선생님을 만나 여의도로 가는 지하철 노선과 KBS까지 가는 길을 외웠다. 몇 번 해 보니 자신감은 생겼지만, 한편으로는 매일 1시간 이상 걸리는 길을 탈 없이 다닐 수 있을지 불안하기는 마찬가지였다. 비나 눈이 오면 사실상 지하철 이용은 더욱 어려워졌다.

"그럼 이사 갈까? 여의도로?"

지하철을 어느 정도 익힌 후 다시 부모님과 통화했다. 못내 걱정을 지우지 못한 부모님은 이사를 제안했는데 이건 현실적으로 가장 쉽지 않았다. 나는 자취하고 있었는데, 자취를 시작한 지 약 한 달 정도밖에 되지 않았기 때문이다. 계약 한 달 만에 집을 나간다고 하면 분명 일이 커질 게 뻔했다. 집주인과 나눌 대화에 벌써 머리가 지끈거렸다. 더욱이 여의도의 집값은 마음마저 지끈거릴 만큼 감당하기 힘든 금액이었다. 나는 결국 또 '내가 알아서 해 볼게.'라는 말을 뱉을 수밖에 없었다.

두 번째 방안은 시각 장애인 복지콜을 타는 것이다. 택시는 가장 편한 교통수단이지만 철저한 계획형 인간이 되어야 했다. 아니, 계획한다고 될 게 아니라 운이 좋은 사람이 되어야 한다는 게 맞는 말인 듯하다. 복지콜은 말 그대로 복불복이다. 10시 30분 회사 도착을 위해 계산하면, 적어도 우리 집에서 9시에는 차를 타야 했다. 하지만 난 복지콜에 많이 데인 상태였다. 빠르면 부른 지 5분도 걸리지 않아 잡히만, 길면 4시간이 걸리기도 한다. 대강 평균 2시간은 기다려야 탈 수 있는 택시였다.

늦는 것보단 차라리 빨리 가는 게 좋겠다는 생각으로 출근 3시간 30분 전인 오전 7시에 차를 부르고 대기했다. 어느 날은 차가 10분 만에 잡혀 고양이 세수만 겨우 하고 출근 시간보다 2

시간은 이른 8시 30분에 도착한 적도 있다. “우령씨 일찍 왔네요?”라는 회사 사람들의 물음에 “차가 빨리 잡혀서….”라 답하고는 했다. 택시가 9시까지 묵묵부답인 날도 있었는데 그럴 때는 미련 없이 하얀이와 지하철로 향했다. 그래도 지하철이라는 선택지를 마련해 놓은 게 참 다행이었다. 출근 전부터 이런 상황을 예상하고 내 이동 선택지를 넓혀 두는 건 필수였다.

내가 이렇게 출퇴근하는 걸 알면 어떤 이들은 더 잘 잡히는 장애인 바우처 택시를 이용하면 되지 않냐, 장애인 활동 지원사도 있지 않냐고 말하는데 현실을 알면 뭐라 못할 게 분명하다.

먼저 ‘장애인 바우처 택시’는 장애인의 이동 편의 증진을 위해 일반 택시 중 바우처 사업에 등록된 차량을 교통 약자들이 이용할 수 있도록 한 택시이다. 장애인 복지콜보다 차량 잡히는 속도는 빠르지만 시각 장애인에 대한 기사님들의 장애 인식 교육이 부족하다는 걸 종종 느낀다. 하차할 때 목적지가 아닌 다른 곳에 내려 주고는 휭 가 버리기도 하고, 안내견 탑승을 거부하는 일 또한 다반사였다. 집 앞까지 와서 하얀이와 나를 보고 개는 못 태운다며 승차 거부하는 기사님을 만나면 실랑이가 필수였고 결국 택시에 탑승해도 기사님의 짜증을 목적지에 가는 내내 들어야 했다.

‘장애인 활동 지원사 서비스’는 장애인들의 일상이나 사회생활에 있어 그들의 자유로운 활동을 지원해 주는 서비스다. 이 활동 지원사를 매칭 하는 것과 장애인 당사자에게 배당되는 활동 지원 시간을 받는 일은 쉽지 않다. 일단 시각 장애를 갖고 있는 내게 어느 정도의 지원 시간이 필요한지 체크하는 표가 있는데, 질문들을 보면 장애인 개개인의 장애 정도와 특성은 전혀 고려되지 않았음을 확인할 수 있다. '대소변은 혼자 보실 수 있나요?', '혼자서 몸을 뒤집을 수 있나요?' 이런 질문은 몇 번을 다시 봐도 나와 무관하다. 새로운 활동 지원사를 매칭 받으려 여러 복지관에 연락을 돌렸을 때도 내가 가진 지원 시간이 많은 편은 아니라 출퇴근 지원이 어려울 거라는 답변만 받았다. 그럼 나는 또 스스로 해결책을 찾아야 했다.

사회 초년생의 신분으로 실제 사회에 나오니 학생 때는 몰랐던 많은 걸 느낄 수 있었다. 나의 이동권과 독립, 주체적인 삶을 사는 데에 있어 아직은 부족한 게 많다는 것을 말이다. 매일 대중교통을 이용해야 하니 늘 어려움을 몸소 체감했고, 장애인을 위해 마련했다는 제도와 서비스마저 탄탄히 구축된 게 없다는 것도 뼈저리게 깨달았다. 합격 소식에 들떠 어떤 옷을 입고 직장에 갈지, 회사 사람들과는 어떻게 지낼지, 앞으로 맡을 업무는 무엇일지 기대하고 준비하기보다 무사히 출근할 수 있을지를 먼저 걱정해야 하는 현실이 아쉬웠다.

분명 나도 어엿한 사회인이 되려 내가 속한 이 사회에서 성장할 방법을 찾아가겠지만, 환경도 성장을 멈춰서는 안 된다. 장애인들의 주체적인 삶 그리고 자유는 우리가 함께 자라며 지켜낼 일이다.

'내가 알아서 할게.'라는 말처럼 혼자 모든 짐을 짊어지게 만드는 사회가 아니라 모두가 알고 함께하는 사회가 되길 바란다. 그런 현실을 또 한 번 꿈꾸며 오늘도 출근 준비 완료!

꿈에 그리던 순간이 현실에 피어났단 건, 아름다운 일이죠. 저도 그 찬란한 것을 잡기 위해 모든 시간을 기울였으니까요.

그게 손에 쥐어지고 피부에 와 닿으니 느껴졌어요. 이 꿈을 현실에서 지키는 법을 알아야겠구나, 이제 이걸 지키는 게 또 다른 내 꿈이구나.

하나를 이뤘다 해서 그 자리에 멈춰도 되는 것은 아니더라고요. 그곳을 거름 삼아 깨어난 꿈은 홀씨처럼 날아가 다른 곳에서 또 다른 모양의 꿈을 피워 내길 반복합니다.

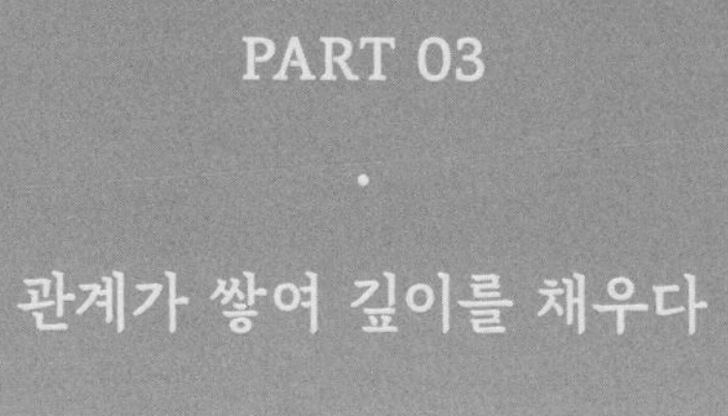

PART 03

•

관계가 쌓여 깊이를 채우다

작은 심장이
내게 다가온 날

작은 심장이 내게 다가온 날, 그건 안내견 하얀이와의 만남이다. 우리의 첫 만남을 간단히 풀어 볼까 한다.

2주 동안 생활할 짐을 가지고 용인에 있는 안내견 학교에 도착했다. 처음 가 보는 공간이었음에도 강아지 특유의 향이 포근하게 느껴졌다. 그 몽글몽글함에 긴장된 마음이 한결 풀리는 듯했다. 안내견과 함께 파트너가 되는 4주라는 시간 속에서 여러 훈련과 교육을 받는다. 2주는 안내견 학교에서 기본적인 교육이 이루어지는데, 안내견에 대해 알아 가는 시간부터 식습관, 배변 훈련, 보행, 목욕과 놀아 주는 방법 등 가장 기초적인 행위를 배운다.

하얀이를 만난 건 학교에 온 지 이틀째 되던 날이었다. 첫날에는 안내견을 만나기 위한 준비 시간을 갖는다. 모형 리트리버를 만져 보기도 하고, 잔디가 깔린 넓은 운동장과 수영장 등 학교 시설도 돌아본다. 이렇게 시간을 보내니 역시나 밀려오는 궁금증을 참을 수 없었다. 나와 함께할 그 친구를 알고 싶었다. 나는 훈련사 선생님께 슬그머니 강아지 이름을 여쭤봤다.

“우령씨 파트너는 3살이고, 이름은 하얀이야.”

하얀이란 이름을 듣자마자 짱구의 흰둥이가 떠올랐다. 정말 직관적인 이름이라고 생각했다. 숙소 침대에 앉아 복도 멀리서부터 들려오는 발톱 소리에 귀를 기울였다. ‘탁, 탁, 탁!’ 통통 튀는 발소리가 귀여운 아이구나 싶었다. 방 안으로 들어온 하얀이는 모터라도 달린 듯 빠른 속도로 꼬리를 흔들었다. 드디어 우리의 첫 교감이 시작됐다.

하얀이와 나는 보폭 맞춰 걷기를 연습했다. 이건 4주간의 훈련 중 가장 중요한 부분이기도 했다. 학교에서 시간을 보낸 후에는 현장으로 나가 함께 걸었다. 하얀이는 은근히 걸음 속도가 빨랐다. 겉으로 보기에는 내가 질질 끌려가는 것 같았다고 한다. 그러나 나는 그 끌리는 속도마저 좋았다.

시각 장애인이 된 후 나의 걸음 속도는 현저히 느려졌다. 푸르스름한 멍과 어디서 생겼는지 모르는 상처를 늘 달고 살았고, 그에 지레 겁먹은 다리는 자신을 보호하기 위해 천천히 걸었다. 온몸의 긴장을 다리로만 버티다 보니 다리가 땡땡 부은 채 365일을 보내야 하는 부작용도 생겼다. 아무리 마사지 볼로 풀고 문질러도 10년 넘게 쌓인 다리의 피로를 풀기는 쉽지 않았다. 그러고 보니 마음 놓고 뛴 것도 언제인지 기억이 잘 나지 않았다. 무방비하게 있을 장애물과 턱, 계단을 피해 신경을 곤두세웠다.

그러나 마음은 다리와 달랐다. 가뿐한 발걸음으로 나아가고 싶었고 어디든 자유롭게 가고 싶었다. 그 자유의 꿈에 한 발짝 앞으로 나아간 기분이었다. 작은 발 네 개가 총총총 걸어가면 나도 리듬을 맞춰 걸었다. 처음엔 이 조그만 발을 밟진 않을까, 견줄을 너무 세게 붙잡진 않을까 조마조마했다. 정말 넘어지지 않는 게 확실한지 하얀이를 의심하기도 했다. 그러나 우리의 호흡에서 가장 중요한 건 믿음이었다. 계단 앞에서 혹시나 굴러떨어질까 봐 마음 졸이지 않아도 된다. 불쑥 튀어나올 장애물 때문에 겁먹지 않아도 된다. 하네스와 견줄을 잡고 하얀이의 움직임에 집중했다. 작은 턱 하나에도 멈춰서 신호를 주고 장애물을 피해 몸을 돌리는 그 아이의 사소한 몸짓에 나를 맡긴다. 내가 하얀이를 믿지 않으면 그 불안은 하네스를 타고 하얀이에게도 전달된다고 했다. 하얀이에게도 마음껏 걸을 수 있는 안정감이 필요했다.

하얀이와의 보폭이 맞춰진 순간부터는 내 앞에 새로운 길이 펼쳐졌다. 캠퍼스 안에서만 맴돌던 동선은 물 위에 떨어진 잉크처럼 점점 넓어졌다. 하얀이와 걸으며 우리의 발자국을 여러 군데로 퍼트리는 게 나에겐 가장 행복한 순간이었다. 예전에는 생각조차 하지 않았는데. 혼자서 좋아하는 카페를 가고, 무서워서 시도하지 않은 지하철 탑승을 연습하고, 여유롭게 주변의 풍경을 느끼며 산책하는 것. 이 평범하고 소소한 일상이 하얀이와 함께 찾아왔다. 이 작은 심장이 나에게 더 큰 세상을 안겨 준 셈이다.

'믿음'이란 끈으로 연결된 우리의 이야기는 책 한 권으로도 모자랄 만큼 무수하다. 그만큼 이 아이가 내게 전한 새로운 경험이 많다는 뜻이기도 하다. 앞으로 어떤 일이 일어나든 하얀이는 나의 심장이며 그건 평생 변함없을 예정이다. 벅찬 행복과 아픈 현실을 모두 감당하고 책임져야 할 존재, 나는 그 존재를 사랑하고 있다.

2020. 02. 25

내게 다가온 작은 심장, 또 다른 세상.

그리고 사랑과 닮은 아이를 만났다.

사계절 내내
눈싸움

보이는 건 없지만 눈을 부릅뜨고 하는 팽팽한 신경전은 할 수 있다. 즉, 나도 눈싸움에서 누구에게 뒤지지 않는다는 뜻이다. 더 나아가 째려보기도 가능하다. 이렇게 눈에 힘을 주고 신경전 할 일이 뭐 있냐 생각할 수도 있다. 하지만 시각 장애인이 되고서 길거리만 걸어도 쏟아지는 시선에 눈싸움할 일이 참 많아졌다. 케인(흰 지팡이)을 짚고 걸을 땐 "맹인인가 봐. 젊은 사람이 어쩌다 장애인이 된 걸까." 또는 "다리도 멀쩡한 사람이 무슨 지팡이를 들고 다녀."같은 시각 장애인 용 보조 기기에 대한 무지함에서 비롯된 말도 들린다. 하지만 당시의 난 상냥한 사람이었다. 사람들의 걱정, 호기심, 동정이 담긴 모든 질문에 친절히 답했다. 그러나 10년 넘게 이런 말을 들으니 친절에도 내성이 생겼다. 이전에는 실명 시기부터 지금까지 어떻게 살아왔는가를 구구절절 설명했다면 지금은 일단 웃으며 이렇게 답한다.

"하하, 그러게요."

이보다 더 간단한 말이 어딨을까? 이 문장에는 약간의 친절과 더 이상 대화를 이어 가지 않겠다는 강한 의지가 들어 있다. 그럼에도 계속 질문하는 사람들이 꼭 있다. 물건을 사려고 선 대기 줄에서 만난 사람. 지하철 옆과 앞에 자리 잡은 사람. 횡단보도를 건너려고 서 있던 사람까지. 짧은 순간 스쳐 갈 사람들이 내게 꼭 말을 건다. 시각 장애인이 되고 어쩔 수 없이 사교성이 강화된 것도 이런 이유에서다. 처음엔 재미를 느끼긴 했다. 사람들의 생각도 들여다볼 수 있어서 흥미로웠다. 그러나 시간이 지날수록 불쾌한 시선과 말을 가감 없이 확인당했다.

때때로 나는 나보다 더 시력이 나쁜 친구들을 안내 보행하기도 했는데, 그럴 때마다 나의 좋지 않은 눈도 더 바쁘게 움직였다. 전맹 시각 장애인 친구와 걷고 있을 때였다. 좁은 시야였지만 전맹 친구의 앞에도 장애물이 없는지 바삐 살폈다. 그러던 중 친구의 어깨 끝을 놓쳤는지 친구가 지나가는 사람의 어깨에 부딪혔다. 이런 상황이 흔한 일상이 된 우리는 누가 먼저 쳤든 살짝만 건드려도 "죄송합니다."라는 말을 자동으로 내뱉는다. 친구의 사과와 동시에 귀에 박힌 말은 상대방의 뒤통수를 다시 돌아보게 만들었다.

"아, 눈 똑바로 뜨고 다니지, 왜 감고 다녀?"

이때부터였던 것 같다. 말 그대로 눈에 뵈는 게 없는 째려보기가 시작된 것은. 그 말을 듣는데 어처구니가 없었다. 속으론 이런 생각도 했다.

'아니, 눈 똑바로 뜨고 있는 당신은 왜 와서 부딪히는 건데?'

마음의 소리를 담아 예의 없는 뒤통수를 째려봤다. 그렇게 째려보면 불쾌감이 조금은 사그라든다.

장애인은 옷가게에 진열된 마네킹이 아닌데 사람들은 우리를 흘끗, 혹은 대놓고 보기 바쁘다. 그 시선을 따라가면 사람이라는 한 인격체가 아닌 신기한 무언가를 보는 듯한 눈동자가 자리하고 있다. 물론 어느 정도는 이해한다. 흰 지팡이, 안내견, 휠체어 등 장애인을 난생처음 본다거나 혹은 도움이 필요한 건 아닌지 걱정하는 사람들도 있다는걸. 나 또한 여러 방법을 써 봤다. 시각 장애인인데 쳐다보는지 아닌지 어떻게 아느냐 할 테지만 다 안다. 사람에게는 귀도 달려 있고 촉도 있으니까. 느끼고 듣는 일 하나는 자신 있었다. 이어폰을 꽂고 걸을까 생각했지만 이건 생명에 위협을 주니 기각했다. 길을 걸을 때 대부분을 청각에 의존하기에 귀를 막는 건 자살 행위와도 같았다. 그러면 그냥 시선을 즐겨 볼까? 스포트라이트를 받는 주인공처럼 볼 거면 마음껏 보라는 마음으로 더욱 당당히 걸을까 했다.

처음엔 꽤 괜찮은 방법이란 생각이 들었다. 그 스포트라이트는 안내견 하얀이를 만나고 더 빛을 발했다. 동행하는 사람들이 그러는데 하얀이와 내가 길에 등장하는 순간부터 모든 시선이 우리에게로 몰린다고 한다. 앞서가던 사람도 뒤를 돌아보고, 차 창문을 내려 쳐다보기도 한다고. 한마디로 하얀이는 길거리의 슈퍼스타였다. 그들의 시선에 몸 둘 바를 모르는 건 오히려 나와 동행하는 이들이다. 길을 걸으면서 한 번도 이런 시선을 겪어 본 적 없는 비장애 친구들은 얼굴을 가릴지 눈을 피할지 우왕좌왕했다. 별 신경 쓰지 않는 나를 보며 대단하다고 말하지만, 사실 살면서 이런 경험을 겪지 않는 게 당연한 거지, 온갖 방법을 써가며 무뎌진 내가 대단한 건 아닌 듯했다.

다음은 하얀이와 길을 거닐면 사람들이 보이는 반응이다. 보통 크게 세 가지 유형으로 나뉜다.

첫 번째, 감탄사 남발형. 이분들의 반응은 솔직히 말해 꽤 기분이 좋다. "아이, 예쁘네. 잘생겼네.", "안내견 멋지다! 애기 털 관리도 엄청 잘됐네."와 같은 칭찬을 들으면 하얀이와 나의 콧대는 자동으로 상승한다. 고래도 춤추게 하는 칭찬은 하얀이의 꼬리도 춤추게 한다. 감탄사 남발 유형분들에게는 세상 좋은 웃음을 머금고 감사의 인사를 표한다. 자리를 떠나는 발걸음이 그렇게 상쾌할 수가 없다. 마치 완벽한 연기를 해낸 배우의 기분이 무엇인지 알겠달까.

두 번째, 청개구리 형. 이분들은 하지 말라는 걸 굳이 하는 유형이다. 청개구리 유형 중 대부분 안내견 에티켓을 모르는 사람들이 많은 듯하다. 혀를 굴리며 걷고 있는 하얀이를 부르기도 하고, “얘 안 물어요? 만져도 돼요?” 질문과 동시에 이미 만지는 사람도 여럿 있다. 차라리 말하고 만지면 좀 낫다. 소리 소문도 없이 다가와 만지는 사람도 있다. 이런 만지는 행위를 넘어 아예 카메라 렌즈를 들이밀며 사진을 찍는 사람도 있다. 처음엔 그들에게 좋게 설명한다.

“안내견은 부르시거나 만지면 안 돼요. 먹을 거 주는 것도, 사진 찍는 것도 삼가주세요.”

이렇게 말하면 그만할 법도 한데 못내 아쉬움을 떨치지 못한 이들은 슬쩍슬쩍 하얀이의 털을 쓰다듬고 가거나 “왜요?”라고 되묻기도 한다.

더 골이 아픈 건 사진을 찍었을 때다. “안내견 사진 찍으셨으면 지워 주세요.”라고 정중히 부탁을 드리면 “강아지만 찍었는데.”라는 대답을 들을 때가 많다. ‘아니, 이 사람들아. 원래 다른 반려견들도 함부로 사진 찍고 부르고 만지면 안 돼요.’라는 말이 목 끝까지 차오르기도 한다. 그러나 그 대신, 안내견은 시각 장애인의 신체 일부와 마찬가지고 동시에 우리가 초상권을 보호받아야 할 의무에 대해 친절히 설명한다. 그럼에도 정말 심각한 독종 청개구리 유형들은 SNS나 유튜브에 ‘오늘 안내견 봄’, ‘지하철역에서 만난 안내견 불쌍…’ 이런 제목을 달아 게시글을 올리기도 한다. 시각 장애인의 동의 없이 촬영한 영상물을 발견하면 나의 인내심도 한계에 다다른다. 그들에게는 정말 눈에는 눈 이에는 이 방법을 쓰고 싶다. 누군가 자신을 허락 없이 찍고 부르고 만진다고 생각하면 되지 않나. 기분 참 나쁠 텐데 말이다.

세 번째, 헛소문 확성기형. 이들은 말 그대로 안내견에 대한 잘못된 정보를 사실인 마냥 큰 목소리로 떠드는 사람들이다. 감탄사 남발형과 반대되는 유형으로 그들은 혼잣말인 척 모두가 듣게끔 떠벌리고 다닌다. 하얀이와 함께한 지 몇 달이 채 되지 않았을 땐 이런 일도 있었다. 평소처럼 지하철을 타고 가는 우리에게 한 아주머니의 목소리가 날아왔다.

"아휴, 안내견 불쌍해서 어째. 본능도 억누르고 고생이 많네."

"쟤네 안내견들 단명하잖아. 빨리 죽는다더라. 불쌍해라."

내 기준 대략 1시 방향에서 들려오는 목소리의 주인공은 계속 큰 소리로 중얼거렸다. 가끔 혼잣말을 위장한 큰 목소리의 소유자들을 만나면 내가 못 듣는 줄 아는 건가 싶은 의문이 생긴다. 아니라고, 잘못 아시는 거라고 목소리의 주인에게 대꾸하려 했으나 그들은 허공에 말을 뿌리고 어느새 사라져 있다. 내가 할 수 있는 일은 그저 목소리가 머물고 간 빈자리를 째려보는 것뿐. 그러나 이때는 째려보기도 함부로 할 수 없다. 괜한 사람을 노려볼 수도 있으니까.

'본능을 억누른다.'라는 말은 잘못되었다. 본능을 억제한 채 꾸역꾸역 일하는 게 아니기 때문이다. 이는 그저 사람의 관점일 뿐이다. 부정적인 일, 자신이 원치 않는 일은 철저히 피하는 게 그들의 습성이다. 시각 장애인과 걷는 일이 하고 싶지 않으면 그 자리에서 발을 멈출 것이다. 하지만 아이들의 발걸음은 가볍다. 새로운 길을 구경하며 파트너와 교감하는 산책을 즐긴다. '헌신'이 아닌 무한한 칭찬과 사랑, 충분한 보상을 받으며 곁을 함께한다. 이런 안내견들은 평균 수명이 14세로, 단명하지 않는다는 걸 보여 주는 연구 결과도 있다.

지하철 안에서 시각 장애인의 발밑에 흐드러지게 누워 있는 안내견을 보고 어떤 이들은 안타까움에 가슴을 부여잡는다. 그러나 이 모습 또한 그들에게는 가장 아늑한 자세이다. 반려인은 반려동물이 편할 때 보이는 행동을 잘 알고 있다. 동물들은 절대 자신이 불안하고 긴장된 상태에서 몸을 늘어뜨리지 않는다. 파트너의 발등을 베고 엉덩이를 착 붙이고 있는 건 '네가 날 지켜 줄 걸 알아!'라는 믿음에서 비롯된 행동이다. 안내견에게 파트너의 눈이 보이지 않는다는 사실은 그다지 중요하지 않다. 얼마나 많은 교감과 긍정적인 시그널을 공유하는가가 더 중요하다.

우리도 여느 가족과 다르지 않게 서로에게 충만한 사랑을 주는 관계다. 이를 모른 채 안내견을 단순 도구로만 이용한다는 편견이 잘못된 시선을 만들었을 뿐이다.

현실엔 이처럼 가지각색의 유형이 존재한다. 그리고 이는 비단 안내견에게만 해당하는 시선이 아니다. 앞서 말했듯 하얀이를 만나기 전에도 나는 다양한 시선의 주인공이 되곤 했다. 청개구리형과 헛소문 확성기형처럼 몇 마디의 말로는 해결되지 않는 유형들도 있었다. 그런 사람들은 아직 장애인에 대한 편견을 가지고 있는 듯했고, 그걸 그대로 믿는 눈치였다. 하지만 나는 그런 사람들의 편협한 시선 속에서 놀아나고 싶지 않았다. 눈에 보이는 게 다가 아니고 기본적인 예의 또한 갖췄으면 한다. 나라고 매번 눈싸움하고 싶을까. 웬만하면 하고 싶지 않고 그럴 일도 없었으면 좋겠다. 그러니 긍정의 관심이 아니라면 다가오지 않았으면 한다. 거짓을 사실처럼 동네방네 소문내지 않았으면 좋겠다. 최소한의 생각이 있는 사람이라면 그러지 않겠지만, 일부 사람들은 아니니 답답할 노릇이다. 언젠가는 그런 시선으로부터 졸업하는 날이 올 거라 생각하고 있다. 그렇게 되기를 원하고 있다.

시선의 끝자락에 걸린 것이 존중과 애정이라면, 그만큼 사랑스러운 눈빛도 없을 거예요.

어느 날 우리가 서로에게 보내는 인사 속에 때묻지 않은 미소가 걸려 있길 바랍니다.

서로를 지켜 주는 사이

하얀이를 만나고 많은 부분이 달라짐을 몸소 느꼈다. 일단 나의 기상 시간에서 체감했다. 아침밥을 잘 먹지 않는 내게 아침 시간은 "5분만 더…"를 외치며 잠과 싸우는 시간이었다. 하지만 이제 나는 두 개의 배꼽시계를 갖고 있다. 하나는 나의 위장, 다른 하나는 하얀이의 동그란 배. 내 배 속 알람은 무시해도 괜찮지만 이 아이의 시계는 그럴 수 없다. 이미 머리를 침대 위에 올려 두고 나를 흘끗거린다. 그 작은 움직임 하나하나를 예의 주시했다. 반갑게 꼬리를 흔드는 하얀이를 보며 나도 씨익 웃었다.

"배고프지?"

그렇게 하얀이의 아침을 챙기기 위해 자리에서 일어난다. 아침 식사를 마친 하얀이는 내 무릎에 누워 포근한 온기를 나눠 주기도 하고 턱을 할짝거리기도 한다.

"난 잡아먹으면 안 돼, 하얀아."

이 아이로 인해 내 아침은 웃음으로 가득 찬다. 하얀이는 이제 나의 신체 일부이다. 어딜 가든 어디 있든 함께하는 존재. 학교를 가도, 출근을 해도, 밥을 먹고 놀러 다녀도. 모든 시간과 순간을 공유하기에 이 아이에게 책임감이 생기는 건 자연스러웠다.

딱 한 번, 유럽에 가기 전 하얀이를 안내견 학교에 맡긴 적이 있었다. 항상 나의 왼쪽에서 걷던 하얀이가 생각나 캐리어에 대고 무심코 그 이름을 불러 버렸다. 나도 모르게 튀어나온 말에 그 아이가 익숙해졌음을 체감했다. 지금도 글을 쓰는 내 발밑에 하얀이가 도넛처럼 몸을 말고 누워 있다. 세상에서 가장 포근한 자세로.

하얀이와 있으면서 또 달라진 부분이 있다면 바로 나의 강인함이 아닐까 싶다. 하얀이를 지키는 건 나를 지키는 일과 같다. 처음 식당에서 안내견 출입 거부를 당했을 때는 숨이 턱 막혔다. 이런 일이 생길 거라고 예상은 했지만, 막상 실제로 당하니 기분이 정말 별로였다. 나는 화가 나거나 억울하면 눈동자와 목소리에서 먼저 티가 나는 사람이었다. 26살인 지금도 이 습관을 완전히 버리진 못했지만 할 말은 또박또박하는 사람으로 성장했다. 여하튼 이런 일을 매일 겪었고 지금도 그렇다. 잠깐 마주한 상황과 사람들로 인해 수많은 감정이 내 안에 쌓였다. 그 결과 새로운 장소에 입장할 때면 긴장의 끈을 놓을 수 없게 됐다. 이런 모습이 싫었고 불필요한 에너지 소비를 하는 듯했다. 그러나 그간의 경험으로 조금씩 다져진 담력은 당연히 강해질 수밖에 없었다. 식당에 들어가려는 나를 진상 손님 취급하는 직원에게 오히려 "얘네는 들어갈 수 있어요. 시각 장애인 안내견입니다."라고 똑바로 말할 수 있게 되었다. 이런 일은 다반사였다.

또 하나 달라진 점은 하얀이를 만나 더 다양한 장소를 혼자서도 거닐 수 있게 되었다는 것. 한마디로 자유를 얻은 셈이다. 혼자는 무서워 대학 내내 도전조차 하지 못한 지하철을 하얀이와 익혔고, 좋아하는 카페들도 하얀이와 함께 잘 찾아갔다. 장애물을 피해 목적지에 도착하면 나를 바라보는 하얀이에게 늘 고마웠다. 흰 지팡이를 짚고 걸을 때는 상상도 못 했던, 혼자는 무서웠던 일들을 하얀이와 도장 깨듯 해냈다. 이렇게 항상 붙어 있다 보니 이젠 하얀이가 내게 무슨 말을 하려는지도 알게 됐다.

'어때? 나 잘했지? 그러니까 간식 줘!'

조잘조잘 말하는 하얀이에게 왼쪽 주머니에 담아 둔 간식을 건네면 흡족한 표정으로 다시 걷기 시작한다. 그렇게 우리의 세상은 넓어지고 있다.

정말 아이러니하게도 내가 한 발 한 발 세상과 가까워질수록 사회는 이런 나의 자유를 막아섰다. '개는 안 돼요.'라는 말을 들을 적에는 코앞에서 문전박대당한 기분을 지우기 어려웠다.하지만 아무리 닫혀도 다시 열어야 했다. 하얀이와 나의 자유, 그리고 권리가 이렇게 막히는 건 당연하지 않으니까.

이는 나와 하얀이만의 이야기가 아니다. 모든 시각 장애인과 안내견 파트너들의 세상을 활짝 열어 주기 위해서라도 책임감이 필요했다. 식당에서, 택시에서, 그리고 같은 사람에게 자연스레 거부당해서는 안 된다고. 그래서 난 더 많은 곳에 우리의 발자국을 남기겠다고 다짐했다. 물론 나도 상처받기 싫고, 화도 잘 내지 못하는 사람이기에 부정적인 상황은 피하고 싶다. 그러나 이 상황에서 우리만 도망치는 건 더더욱 싫었다. 우리를, 내 세상을 지켜야 한다.

그 속에서 분명 함께 목소리를 높이는 이들도 만났다. 당하지 않아도 될 거부를 나와 같이 겪으며 화내는 친구들, 안내견은 어디든 갈 수 있다며 목소리에 힘을 보태는 행인분들. 이런 걸 아직도 모르는 사람이 있냐며 우리를 더 반겨 주시는 사장님들까지. 안내견의 권리와 시각 장애인의 권리를 위해서, 우리의 일상이 차별받지 않게끔 주변과 사회가 매일 강해지는 중이라고 믿는다.

누군가를 책임지는 사람이 가장 강한 사람이에요. 무언가를 지키기 위해 단단해졌을 테니까요. 그렇다고 연약한 면이 없는 건 아니에요. 부당한 상황에서 회피하고 싶기도 하고, 분한 마음을 참지 못할 때도 있죠.

그러나 너와 나의 시간, 자유, 행복이 무엇보다 소중하기에 강해지려는 거예요. 우리의 일상을 지키는 게 바로 나를 지키는 일이니까요.

보고 싶은
그대에게
사랑 고백 중

밤 11시 15분, 핸드폰 보이스 오버* 소리를 들으며 영상 통화 버튼을 눌렀다. 보이지도 않는 사람이 누구와 영상 통화를 하려고? 라는 생각이 들 수도 있다. 하지만 그렇게라도 얼굴을 꼭 보고 싶은 이가 존재하니까. 자그마한 액정에 비치던 내가 사라지고 그 너머 남자 친구의 얼굴이 나타났다.

"오빠! 지금 눈밖에 안 보여. 더 멀리해 봐."

잘 지냈어? 오늘도 멋지네. 이런 인사 대신 조금 특별하게 연락을 시작한 우리는 핸드폰 뒤의 사람을 조금이라도 더 잘 보기 위해 화면 초점을 맞춘다.

"더, 더 아래로. 지금은 입만 보여. 위로, 위로."

이렇게까지 영상 통화를 해야 할까? 라는 의문이 들 수도 있

* Voice-Over. 사용자가 화면을 볼 수 없는 경우에도 스마트폰을 사용할 수 있도록 도와주는 제스처 기반 화면 읽기 도구.

겠다. 하지만 우리도 보고 싶은 마음이 절실하다. 이 하루 끝, 정말 보고 싶은 사람이 존재한다.

잘 보이지 않아도 얼핏 흔들리는 그 얼굴이 좋았다. 시각 장애인도 사랑하는 이들에게 보고 싶다고 고백한다. 보고 싶다는 말은 단순히 얼굴만 보고 싶다는 게 아니니까. 그랬다면 사진을 확대해서 보는 게 더 편할지도 모른다. '보고 싶다'라는 건 더 가까이 교감하고 싶다는 의미이기도 하다. 상대의 모습, 목소리, 온도 등 그의 전부가 보고 싶다는 뜻이니까.

그래서 시각 장애인인 나도 보고픈 이들에게 살포시 전해 본다. 보지 못해 슬프지 않냐, 괴롭지 않냐 같은 말이 아닌 그냥 네가 많이 보고팠다는 말을 듣고 싶다. 건네고 싶다. 그렇게 잠시 만나 오늘 하루 어땠는지 이야기도 듣고 싶다. 볼 수 없어서 보고픈 게 아니다. 보고 싶다는 진짜 뜻은 당신을 옆에 두고 싶다는 거니까.

'볼 수 없다.'라는 게 저에게 결핍된 감각이라면 그 빈자리를 어떻게 채울 수 있을까요?

마음으로 보는 눈? 그런 건 사실 없어요. 안 보이는데 보려고 애쓰는 것도 이제는 그만할래요.

비록 보이는 건 흐릿하지만 '보고 싶다.'라고 말문을 뗐을 때, 더 선명한 감각이 새로운 시각을 선사해 주니까요.

그 섬세한 감각으로 나는 보고 싶은 당신을 가득 채우고 있어요.

우리 연애를 향한 서로 다른 눈길

연애 이야기는 어느 자리에서나 빠지지 않고 등장하는 단골 손님과 같다. 그만큼 많은 사람의 공통 관심사이자 듣기만 해도 흥미로운 주제라는 거겠지. 그래서 나도 '연애'라는 안주를 꺼내어 잔뜩 풀어 보고자 한다. 실제로 친구들과의 술자리에서 연애사를 꺼낸 적이 있다.

"너넨 연애 얼마나 해 봤어? 연애 경험 많아?"

대체로 이 질문의 다음에는 주로 꽤 많이 연애를 경험한 사람이 주도권을 잡아 자신의 이야기를 풀기 시작한다. 이전에 몇 명의 애인이 있었고 몇 년의 연애 기간을 가졌는지, 썸남썸녀를 공략하는 방법은 무엇인지 등을 줄줄 나열한다. 하지만 나의 연애 경험은 어디서도 쉽게 들어본 적 없을 것이다. 흔한 노가리가 아닌 가끔 있을까 말까 한 샤인 머스캣처럼 드무니까.

내 연애는 크게 두 분류로 나뉜다. 시각 장애를 갖기 전과 후. 즉, 나는 장애가 있을 때와 없을 때의 연애를 모두 경험해 본 사람이다. 솔직히 장애 이전의 연애 횟수는 적다. 내 나이 고작 13살까지였으니까. 그러나 알고 있는 건 그리 적지 않다. 좋아하는 사람을 바라보는 눈빛, 눈만 마주쳐도 괜스레 붉어지는 뺨, 아무리 멀리 있어도 그에게만 꽂히는 시선. 사랑의 신호와 표현은 시각적으로 이루어진다 해도 무방하다. 그만큼 우리는 상대방의 많은 부분을 눈으로 보고 설레한다. '첫눈에 반하다.'라는 말이 괜히 있는 게 아니라는 걸 실감하는 부분이기도 하다.

그럼 보이지 않으면 사랑하기 어려울까? 당연히 아니다. 시각 장애인이 되고 나의 최장기 연애는 6년이었다. 그만큼 사랑에 진심이라는 의미이기도 하다. 시각 장애가 있은 후 연애에 분명 달라진 부분이 있기는 했다. 예전에는 외모로 첫눈에 반했다면 이제는 목소리가 먼저 설렘을 자극한다. 나를 보고 빨개진 상대의 얼굴은 마주 잡은 손의 온기로 확인할 수 있고, 그 사람의 향과 발소리를 기억해 곁에 다가왔음을 알아챌 수 있다. 말 그대로 오감이 자기 몫을 톡톡히 해내는 것이다.

생각해 보면 사람이 사랑에 빠질 때 모든 감각 세포가 깨어나는 건 누구나 마찬가지다. 단지 시각을 제외한 사랑의 부분에서 조금 더 발달했을 뿐이다. '시각이 제외된 사랑'이라는 단어만 들으면 많은 이는 안타까움을 표한다. 보이지 않는데 어떻게 연애를 하느냐, 힘들지 않냐 등 두 눈 멀쩡한 사람과의 연애만이 올바른 사랑인 마냥 말한다.

장애를 갖기 전의 연애에서는 주로 '아이, 예쁘네.', '좋을 때야.' 같은 말을 들었다. 그러나 장애를 갖게 된 후에는 '정상인 사람을 만나야지, 헤어져.' 따위의 말을 자주 들었다. 나의 애인이 어떤 성품을 가졌는지, 어떤 사람인지 묻지도 않고 세 글자로 부정당하는 기분을 느낀 사람들이 있을까. 커플 중 한 명이라도 장애를 갖고 있으면 그림자처럼 따라다니는 말이다. 이젠 면역력이 생겨 크게 동요하지 않는다.

그러나 부정적인 말들은 생각보다 날카롭다. 반창고를 붙이고 면역력이 생겼다 해도 그 말에 찔리지 않는 건 아니다. 나와 가까운 이가 휘두르는 말이 가슴에 더 깊이 박히는 것도 어쩔 수 없다. 당연히 우리 딸이, 아들이, 친구가 만나는 사람이 좋은 사람이기를, 그리고 행복하기를 바라는 건 모두가 같은 마음일 것이다. 여기서 하고 싶은 말은 왜 장애인과의 연애에서 상대의 좋은 면을 들여다보려 하지 않는지다. 왜 '장애인'이라는 꼬리표만 훑고 안에 얼마나 값진 물건이 들었는가는 궁금해하지 않은 걸까? 상표만 확인하고 포장을 뜯으려 하지 않는 건 어리석다고 생각한다.

시각 장애인 커플의 연애가 막연히 힘들 거라는 생각은 지워도 된다. 서로가 서로를 힘들게 하는 존재였다면 당연히 헤어지는 결말이었을 테니까. 어떤 연애든 중요한 건 서로를 보완해 주는 일이다. 나는 주변부 시야가 굉장히 좁다. 그런 나를 위해 시야가 넓은 남자 친구는 내 옆을 지나치는 오토바이를 피하게 해 주고, 장애물로부터 안전할 수 있도록 팔을 잡아 함께 걸어 준다. 글자 보는 게 어려운 남자 친구를 위해 남은 시력을 활용해서 내가 간판을 보기도, 색깔을 구별해 그에게 어울리는 옷을 골라 주기도 한다.

서로를 채워 주는 것, 이게 진정한 사랑 아닐까? 26살, 인생의 절반은 비장애인으로 또 절반은 시각 장애인으로 살면서 두 가지 연애를 모두 겪어 본 나의 사랑에 대한 신념은 이것이다. 너의 빈자리를, 나의 빈자리를 스미듯 메우는 행위가 분명 사랑일 것이다. 그 속에서 서로만 바라보기에도 바쁜 시선인데, 남들로 인해 눈치 볼 필요는 없다고.

아마 우주에 떠 있는 별만큼 무수한 사람이 사랑하고, 그게 무엇인지 고민할 거예요. 누군가의 사랑을 별나다고, 혹은 별 볼 일 없다고 손가락질하는 이가 있다면 말해 주세요.

"당신의 사랑은 얼마나 반짝였나요? 내면까지 빛나는 사람을 만나고 있나요?"

다양한 형태로 존재하는 사랑을 그 누가 함부로 판단할 수 있겠어요. 우리는 각자 유별나게 사랑하고 있을 뿐인걸요.

그냥
나른하게
한잔해요

혼술은 하지 않는 스타일인데 그날따라 유독 냉장고 한 켠에 놓인 하이볼 캔 맥주가 눈에 들어왔다. 엄밀히 말하면 손에 딱 잡혔다. 음주를 시작하면서 단 한 번도 혼자 술을 마신 적은 없다. 한때는 홀로 분위기 좋은 술집에 들어가 술에 취하고 분위기에 취해 보고 싶다는 생각을 하기도 했다. 아마 20대 초반쯤이었지 싶다. 혼술과 반대로 시끌시끌한 공간에서 부어라 마셔라, 언제까지 어깨춤을 추게 할 거냐는 술자리를 갖고 싶었다. 그러나 20대 중반을 지나는 지금, 그런 생각은 전보다 덜하다. 소소한 술자리가 좋고 밖에서 마시는 술보다 집 안에서 늘어진 잠옷을 입고 마시는 술이 좋다.

내가 입문한 술은 소주였다. 모두가 "크윽" 소리를 내며 소주의 쓴맛에 얼굴을 찡그릴 때 아이러니하게도 나는 그것이 달았다. 한 잔 또 한 잔 알코올이 위장에 들어감을 느끼며 고등학교 3학년 무렵을 상기했다. 당시 나는 보통의 고3이 아닌 합법적으로 음주가 가능한 20살이었다. 그러나 술에 관심 자체가 없었으며 가장 좋아하는 음료는 야간 자율학습 시간에 늘 입에서 놓지 않던 바나나우유였다. 사회 문화 수업 중 선생님과 나, 그리고 반 아이들은 교과서에 전혀 등장하지 않는 현실판 사회 문화를 입에 올렸다.

"쌤, 저희 곧 술 마실 나이인데 술은 어때요?"

한 남자아이가 꽤 흥미로운 주제를 던졌다. 나는 그를 흘끗 쳐다봤다. 나는 그의 비밀을 알고 있었다. 시각 장애가 있어도, 고등학생이라도 이곳 또한 일찍 음주의 맛을 아는 이들이 존재한다. 그는 내게 물었다.

"넌 20살인데 왜 술 안 먹냐?"

나는 답했다.

"맛없을 것 같아서."

당시에는 그랬다. 화학 시간에나 맡을 법한 알코올 냄새가 역했다. 그래서 대학에 가서도, 더 나아가 평생 술을 마실 생각조차 하지 않았다. 나의 그런 다짐이 무색하게 선생님은 우리 8명을 훑어보신 후 말했다.

"우령이가 대학 가면 술 제일 잘할 거 같은데."

옆에 앉은 남자애는 키득키득 웃었고 나는 손사래를 쳤다.

"저는 절대 안 마실 거예요, 쌤!"

세상에 절대라는 게 없음을 그땐 왜 몰랐을까. 절대라는 단어의 무게와는 상관없이 대학에 온 나는 술을 몇 병이고 비웠다.

그렇게 술맛을 알게 된 내게 술잔을 건네지 않는 상황이 일어나기도 했다. 장애인에게 술을 먹여서는 안 된다는 분위기, 술 게임에서 지더라도 장애인에게 벌주를 먹이는 건 죄악인 분위기 때문이었다. 애초에 내가 참여할 수 있는 술 게임도 몇 없었다. 20대 초반에는 이런 상황 속에서 깍두기가 되는 일이 잦았다. 그래서 "저 술 먹을 수 있어요!", "저도 술 게임 하고 싶어요!"라는 요구를 당당하게 외치기 어려웠다. 그런 자리를 계속 겪으니 은연중에 로망 하나가 생겼는데, 바로 시끌시끌한 분위기의 술집에서 밤새 청춘을 즐기는 것이었다. 그러나 5년째 술을 마시는 현재, 나는 내게 맞는 술자리를 파악할 수 있게 됐다.

장애인에게 술 마시게 하는 걸 꺼리는 사람과의 술자리는 나도 불안하고 그도 불안하다. 혹시나 실수해서 그들에게 '역시나'라는 확인 도장이 찍히는 건 싫었다. 서로 실수하더라도 "취했네, 취했어."라며 다시 잔을 기울이는 분위기가 좋았다. 그곳에서 나는 실수에 변명하지도, 자기 PR을 하지 않아도 된다. 그저 얼마큼 술을 마실지, 어떤 대화를 나눌지만 고민하면 됐다. 한때는 모두를 이해시키고픈 마음이 컸으나 이제는 그러지 않아도 됨을 안다. 아무리 이해시키려 해도 끝끝내 변하지 않는 사람이 있다는 것도 안다.

더 이상 술 게임을 하지 않는 이유는 따로 있다. 게임보다 대화가 좋아서도 있지만, 대부분의 술자리에서 외쳐질 '병신샷' 소리를 듣고 싶지 않기 때문이다. '병신'이라는 말이, 그리고 술 게임에서 진 사람에게 '병신샷'을 외치는 행동이 싫었다. 그 단어가 장애인 비하의 뜻을 내포한다고 넌지시 입을 떼면 그 자리는 순식간에 찬물을 들이부은 듯 싸해진다. 여전히 야밤에 건대 거리를 걸으면 술집 너머로 '병신샷'이라는 소리가 들려온다. 누군가는 '아!' 하며 이 구호를 외치지 않을 수도, 누군가는 '뭐 어때.' 하며 게임을 이어 나갈 수도 있겠다. 그러나 그 단어의 뜻을 불현듯 떠올린 당신이 '아!'라고 한마디 외쳤으면 해서 이 글을 써본다.

잠깐 이야기가 다른 곳으로 샜지만, 다시 돌아와 술자리 이야기를 이어 가자면 20대 중반의 나는 술을 함께하는 사람뿐만 아니라 공간의 중요성 또한 알고 있다. 술이 들어갈수록 방광에서는 비워 내려 발버둥 친다. 하지만 익숙하지 않은 공간에서 홀로 화장실을 가는 길은 험난하다. 테이블에서 일어나 좁은 간격으로 붙어 있는 옆자리 사람을 피해 화장실로 가는 게 어렵기 때문이다. 그렇다고 매번 옆 사람에게 화장실을 함께 가 달라 하기에도 미안했다. 마음 같아서는 화장실에서 술을 먹고 싶은 순간도 있었다. 그래서 펜션이나 집에서 마시는 술을 좋아한다. 안

락한 공간은 몸과 마음까지 편안하게 만들어 주니까. 화장실을 자유롭게 가지 못하는 상황은 이루 말할 수 없을 만큼 괴롭다. 천천히 내게 맞는 주량, 주사, 좋아하는 술 종류에 대해, 그리고 내가 아늑하게 여기는 공간과 사람들에 대해서 알아 갔다. 술기운에 육체가 노곤해져 좋은 사람과 술이 섞인 자리에선 나 또한 나른해지고 싶다. 그래서 요즘은 이런 대화를 주고받는 술자리가 좋다.

"허우령, 너 술 먹고 하얀이랑 걸으면 음주 견전이다."

무슨 대화인지 알 턱이 없지만, 그냥 술에 취한 사람 1과 2가 나누는 대화를 아낀다. 장애 PR이 필요 없는 대화를 사랑한다. 냉장고에 있던 하이볼 캔 맥주를 꺼내 안주도 없이 마셨다. 냉동고에 넣어 살얼음을 만들걸 하고 잠깐 후회했지만, 난생처음 하는 혼술이니까 봐주기로 했다. 캔을 따 맥주를 한 모금 마시며 생각했다.

'쌤, 저는 혼자든 여럿이든 이런 아늑한 술자리를 좋아하나 봐요.'

최근 어렵게 느껴지던 사람과 첫 술자리를 가졌는데요. 그 사람이 제 입으로 포크를 가까이하며 “이건 내가 먹어 줄게.”라고 했어요. 제가 접시에 딱 붙은 양배추랑 씨름하고 있었거든요. 순간 웃음이 나오지 뭐예요. 이건 단순 술기운 때문도 아니었죠. 민망하고 당황스럽기보다는 선뜻 다가온 포크가 포근하게 느껴졌어요. 사실 우린 술잔을 기울이기 전에 약속했거든요.

배려가 실수가 되면 말해 주기
혼자서 끙끙 앓지 않기

서로를 잘 모르는 건 당연하니까. 이 공간, 이 순간을 함께 더없이 평범한 대화로 서서히 채워 가기 위해서.

꼭
등가 교환일
필요는 없잖아

거리 위에 쌓인 흰 눈이 채 녹지 않은 겨울, 유럽에서 돌아오고 며칠 뒤 한 선생님을 만났다. 선생님이라고 부르지만 그녀는 학창 시절 선생님이 아닌 우연한 기회로 사회에서 만난 어른이었다. 20살이 넘는 나이 차에도 선생님은 내게 항상 존댓말과 쌤이라는 호칭을 사용해 주셨다.

"우령쌤, 유럽은 잘 다녀오셨어요? 어떠셨어요?"

커피를 홀짝이며 시작된 대화의 첫 주제는 14일간 떠났던 유럽 여행이었다. 그 겨울, 크리스마스 시즌에 맞춰 유럽으로 떠났다.

내 상상 속 유럽은 대체로 겨울 풍경을 하고 있었다. 아기자기한 유럽풍 건물에 쌓인 눈, 길거리에선 따뜻한 와인을 홀짝거려야 할 것 같고 왠지 산타클로스가 실존할 듯한 나라. 그런 동화 같은 곳을 다녀왔다. 프랑스를 시작으로 네덜란드와 벨기에, 국경을 넘어 영국까지 4개국을 친구와 단둘이 활보했다. 그토록 넓은 나라를 여행하고서 한동안 좁은 방 안에서 허우적거렸다. 이튿날까진 시차 적응이다 뭐다 해서 피로에 찌들었고, 또 일주일은 정신력과 싸웠다. 큰돈과 시간을 들여 발 디딘 그곳에서 나는 무엇을 얻었고 무엇을 느꼈는지 모르겠다. 생에 첫 자유 여행을 통해 내가 어떤 사람이 되었는지 알고 싶었다.

유럽에서 보낸 시간은 앨범 속 사진들이 증명해 주듯 행복과 황홀로 가득했다. 마치 달콤해서 깨기 싫은 꿈처럼. 난생 처음으로 하나부터 열까지 직접 계획하고 준비한 여행이기에 그 설렘은 배가 되었다. 사실 유럽 여행을 결정하게 된 계기는 참 충동적이었다. 누군가는 나의 이런 행동에 대담하다고 엄지를 치켜세울 수도, 또 어떤 이는 무모하다며 혀를 찰 수도 있다. 때론 마음 깊숙한 곳에 억눌러 두었던 충동을 터트리고 싶을 때가 있는 법이다. 그해 9월, 내게 넘치도록 많았던 건 시간이었다. 대학 과정을 모두 마치고 졸업 유예를 한 상태였기 때문이다. 어쩌다 많아진 시간에 물 아까운 줄 모르고 수도꼭지를 콸콸 튼 것처럼 24시간을 무의미하게 흘려보내기도 했다. 그런 나의 시간 낭비를 잠가 준 건 친한 언니의 말이었다.

"우령이 올해 하반기 계획 있어? 하고 싶은 거 되게 많다고 했잖아."

인간관계다, 학업이다, 유튜브다 해서 미룬 게 많았는데 나는 뭘 그렇게 하고 싶었던 걸까. 그 말을 듣고서 급히 생각을 뒤적거렸다.

"대학 졸업하기 전에 유럽 가 보고 싶었어요. 자유 여행으로. 그런데 가능할까요?"

머뭇거리다 꺼낸 말은 꽤 오래 처박아 둔 탓인지 맥이 없었다. 심지어 사치스럽기까지 했다. 하지만 언니의 답은 생각보다 가벼웠다.

"가면 되지!"

이렇게 갑자기, 과연 괜찮을까? 답을 쉽게 얻었으나 그 말은 곧 내게 신선한 흐름을 선사했다. 참아 왔던 충동이 마구 움찔거렸다. 저 말이 듣고 싶었다고. 짠 하고 세상에 나서면 더없이 멋진 경험을 할 수 있을 거라고. 요동치는 마음을 다시 구석에 둘 수는 없었다. 이미 꺼낸 충동은 억지로 눌러 봤자 계속 고개를 내밀 테니까. 그렇게 부푼 기대를 안고 항공기에 올랐다. 무려 14시간을 비행하는 순간에도 해외로 간다는 게 실감 나지 않았다. 착륙 전, 친구와 함께 우리의 계획을 되새겼다. 그리고 소매치기의 위험에 노출되지 않도록 가방은 두툼한 패딩 속에 숨기고 핸드폰에는 도난 방지 줄을 달아 목에 걸었다. 만반의 준비를 마치고 파리 샤를드골 공항에 직접 발이 닿은 찰나에야 오감으로 느꼈다. 그 감각이 새로운 경험을 할 나를 깨웠다. 그리고 이 충동에 대한 보상이자 대가로 유럽에서 다양한 걸 얻어 가리라 다짐했다.

유럽은 아이러니하게도 나의 낮은 시력에 최적화되어 있었다. 눈부신 볕을 마주할 일 없이 종일 우중충한 덕에 건축물의 실루엣이 눈에 잘 들어왔다. 저녁이면 어둠을 배경 삼아 환히 빛나는 에펠탑과 파리의 센강, 브뤼셀 그랑플라스와 런던아이까지. 그 영롱한 불빛이 눈에 들어차는 것만으로도 벅찼다. 물론 더 자세히, 선명히 보고 싶은 마음에 눈을 빡빡 닦고 싶을 때도 있었다. 특히 런던의 해리포터 스튜디오와 파리의 미술관이 그랬다. 해리포터는 시각 장애인이 된 후 빠지게 된 영화이다. 상상 속에만 있던 장소가, 인물이, 그리고 마법이 눈앞에서 재현된다는 건 시각적 흥미를 끌 수밖에 없었다. 파리에서 찾아간 미술관도 마찬가지다. 고흐의 작품을 비롯해 작품명만 들어도 입이 쩌억 벌어지는 예술가들의 작품이 놓여 있다니. 가까운 벽에 걸린 예술 거장들의 작품이 '우리 보고 싶지? 엄청 아름다울 거야!'라며 속삭이는 듯해 약속하기까지 했다.

그러나 이 생각은 오래가지 않았다. 그걸 아쉬워하기에는 다른 감각들이 자기들도 써먹으라고 아우성쳤기 때문이다. 애초에 유럽 여행을 결정한 순간부터 나는 나의 다른 감각을 믿고자 했다. 시력의 부족함을 그동안 갈고닦은 다른 감각이 충족해 줄 거라고 생각했다. 그리고 이 여행에는 내 두 번째 눈이자 조력자인 친구도 있었기에 풍성한 여행이었다고 자신 있게 말할 수 있다.

그런데 여행이 끝난 후 한국에 돌아오니 어딘가 갈피를 잡지 못하는 나를 발견했다. 여행에 대한 소감을 설명할 때 "꿈 같았다."라는 표현을 많이들 쓴다. 꿈처럼 황홀했다고, 믿기지 않는 순간을 체험했다고. 그건 나도 마찬가지였다. 다만 그 꿈에서 깨어나니 현실의 나는 달라진 게 없다고 느꼈다. 생각의 깊이를 키웠다거나 내면의 성숙함을 얻었거나, 하다못해 영어 실력이 늘지 않았을까. 분명 어느 부분은 변화했으리라 굳게 믿었고 다시금 활기차게 살아 갈 의욕을 얻었다고 생각했는데, 어째 여행 후유증만 잔뜩 떠안은 기분이었다. 분명 유럽에 있을 때는 자신감도 열정도 강했는데 뭐가 문제일까. 한국에서는 이런 고민만 하고 있으니 유럽에서 촬영한 영상에도 영 손이 가지 않았다. 2주간의 촬영본이라 그 분량이 어마어마한 것도 있었지만, 내 생각과 느낌을 전달하는 영상에서조차 어떤 말을 꺼내야 할지 의문이 들었기 때문 아닐까. 손에 제대로 잡히는 게 없으니 지난 시간이 정말 꿈처럼 흐려지고 말았다. 그런데 선생님이 꺼낸 말이 복잡했던 나의 머릿속을 정리해 주었다.

"그거 19살이 되든 39살이 되든 49살이 되든 다 똑같은 거 같아요. 저도 너무 하고 싶던 일을 잘 성취했어도 후엔 이 선택이

맞았나 하는 생각들이 들거든요. 이 나이 먹어도 방황하는 게 참 많아요. 그리고 여행에서 꼭 거창한 무언가를 얻어 와야 할까요? 잠깐 인생에 브레이크 걸었다고 생각해도 좋지 않을까요?"

브레이크. 그 단어를 듣는 순간 가슴을 꽉 조이던 무언가가 스르륵 풀리는 듯했다. 여행에서 무언가를 반드시 얻어 와야 한다는 압박이 풀린 것이다. '그러지 않아도 돼.'라는 말에 긴장이 말끔하게 사라진 기분이기도 했다. 사실 충동적으로 시작한 이번 유럽 여행에서 가장 중요했던 건 내가 원하는 일을 시도했다는 그 자체인데, 내 욕심이 더 크고 멋있는 결과를 만들어 내야만 한다고 스스로를 압박했다. 그럴싸한 말들로 충동에 어울리는 이유를 찾으려 드니 머리는 아프고 괜히 현실이 싫게 느껴진 것이다.

그러나 이젠 스스로 말할 수 있다. 비행기 표를 끊은 순간부터 나는 용감했다고. 때론 아무 의미 없이 살아도 된다고. 그것만으로도 이미 충분하다고. 그래서 유럽 여행이 어땠느냐고 다시 묻는다면, 지금 떠오른 한마디로 정리해 보겠다.

"또 가고 싶어요."

문득 아주 오래전 나의 안에 머물던 날 만나
언젠가 어른이 되면 시린 계절 불어오면
나는 달라져 있을까
여전히도 좋을까

_스텔라장, <나의 겨울 여행> 중에서

유럽에서 들었던 노래 중 하나예요. 당시만 해도 여행 후의 내가 달라져 있길 바랐죠. 시간이 지나고 많은 걸 깨달은 지금, 이 가사에 답해 줄 수 있겠네요.

"달라지지 않아도 괜찮아."

항상 변화를 추구하며 달리지 않아도 좋아요. 중간중간 쉬어도 된다고 말해 줄게요.

우령의 유디오,
그 울림의 시작

핸드폰 녹음기를 켰다. 5평짜리 좁은 기숙사 방 한 칸이 유일한 스튜디오였다. 제대로 된 장비를 구해야겠다는 생각조차 하지 않았다. 둘 자리가 없기도 했고, 현실적으로 22살의 나에게는 돈이 없었다. 당시 가지고 있던 거라고는 손에 들린 핸드폰과 목소리가 전부였다.

‘이것만으로 유튜브를 할 수 있을까?’

고민은 그리 길지 않았다. 어려울 거야. 나는 내가 무엇을 못하는지 알고 있었다. 촬영과 편집, 섬네일용 이미지를 뽑고 영상을 업로드하는 모든 과정에서 부드럽게 넘어가지 않는 부분이 있었다. 어쩌면 입구를 막는 거대한 생선 가시일지도 몰랐다. 항상 내가 새로운 일을 시작할 때면 익숙하던 장애가 종종 낯설게 다가왔다. 유튜브도 예외는 아니었다.

도약, 시작, 출발 등 어떤 것을 새롭게 행할 때 사용되는 단어들을 보고 있으면 산뜻한 기분이 든다. 실제로도 신선한 일이 앞에 놓이면 벅찬 감정이 먼저 찾아왔다. 그건 고맙게도 나의 원동력이 되어 주었다. 그러나 장애를 완전히 배제하기는 어려웠다. 몇십 년을 시각 장애인으로 지내 오면서 어떤 날은 내 장애를 잊기도 했다. 그만큼 노련하게 단련된 나로 매일을 살아갔다. 하지만 한 번도 경험하지 못한 미지의 영역에 발을 들이면 장애는 불쑥 튀어나왔다. 능숙하게 다룬다지만 자연스럽게 스며든 장애는 이런 상황을 알고 자신을 드러냈다. 새로움 앞에서 모든 사람이 설렘을 느끼지는 않을 것이다. 분명 각자의 고민거리가 있을 테다. 그 고민의 한편에 시각 장애도 끼어 있었다.

유튜브라는 매체를 처음 알게 된 건 대학교 1학년 때였다. 새내기 시절, 대학에 오면 뭐든 할 수 있을 거라는 자신감이 온몸을 달구고 있었다. 특히 입학하고 가장 기대하는 부분이 있었는데, 바로 교내 방송국에 가입하는 일이었다. 아나운서를 꿈꾸고 모든 대학 입시를 미디어 학과에 올인한 내게 그건 당연한 선택이었다. 원서 발표가 나기 전부터 각 학교의 방송국을 뒤져 가며 교내 아나운서의 로망을 키웠다. 그러나 결론적으로 나는 아나운서가 되지 못했다. 열정은 뜨거웠으나 현실은 냉정했달까. 나의 실력이 아닌 시력의 한계를 몸소 확인한 순간이었다. 방송국 문을 두드리고 고요한 공간에 들어서면 지금 서 있는 곳이 현실보다 더 현실 같았다.

'방송국까지는 어떻게 오시죠?'

단순한 물음일 수도 있는 이 한마디가 나를 혼란스럽게 만들었다. 대학 생활을 한 달 정도 했을까? 여전히 강의실을 갈 때면 도우미 친구들의 안내를 받아야 했고, 혼자서는 기숙사 밑에 있는 식당 가는 길도 헤맸다. 이런 내가 매일 아침 일찍이 방송국에 찾아가고 밤늦게까지 회의를 해야 한다니. 모든 일이 끝나면 기숙사에 홀로 돌아와야 하는 이 행위가 앞이 보이지 않는다는 이유로 버겁게 느껴졌다. 오직 방송에만 집중하고 싶은데. 누군가는 쉽게 걸어가는 길이 내게는 걷기 어려운 돌길이었다. 확실히 억울했다. '보였더라면.'이라는 생각을 1년 동안 되뇌었다. 지금의 나라면 4년 묵은 패기로 어떻게든 방송국에 들어갔을 텐데 말이다. 길을 외우는 데에 시간이 걸린다면 따뜻한 커피 한 잔을 건네며 방송국 친구를 꼬여 내지 않았을까. 이왕 가는 거 나랑 같이 가자는 길동무 메이트를 권했을 텐데. 그렇다고 새내기인 내게 왜 그러지 않았냐며 다그치기는 싫었다. 이건 분명 내 장애와 환경이 잘 버무려진 지금에서야 가능한 노하우니까. 20대 초반의 나는 낯선 환경에서 모든 걸 다시 시작하기 위해 준비하고 있던 것이다.

사실 이 노하우는 환경이 바뀌면 새로운 출발선에 놓인다. 아마 대부분이 그러겠지만 장애를 갖고 있는 내겐 필연적으로 더 많은 적응 시간이 필요하다. 여기서 중요한 건 시간을 짧게 쓰냐 길게 쓰냐가 아니라 환경과 나를 얼마나 잘 버무리는 지이다. 우리에겐 각자의 속도가 있다. 개인적인 이야기지만 나는 맛있게 버무려 먹어야 하는 음식들을 잘 비비지 못한다. 잘 보이지 않는 탓도 있겠지만 손목에 힘이 없어서이기도 하다. 밥과 채소, 양념을 조화롭게 비비는 데 시간이 좀 오래 걸린다. 양념이 한쪽으로 몰리기도 하고 콩나물이 덩어리째 굴러다니기도 한다. 그래도 괜찮게 비비려 노력한다. 퍽퍽해진 밥에 국물도 뿌리고, 중간중간 맛 체크를 하며 부족한 부분도 확인해 섞는다. 그러면 시간은 좀 걸려도 어찌 됐든 비벼진다. 적응 시간도 마찬가지다. 새로운 환경이라는 그릇 안에 나를 집어넣고 잘 스며들게끔 이런저런 방법을 찾아 비벼 준다.

방송국에 들어가지 못한 나는 일단 길을 외우기로 했다. 그리고 학과 내에 있는 스피치 소모임에서 새로운 스타트를 끊었다. 유튜브의 시초도 여기서 비롯됐다. 소모임 활동이 꽤 성과를 보일 무렵, 모임장이 흥미로운 제안을 던졌다.

"각자 좋아하는 책의 구절을 녹음하고 이걸 유튜브에 올려 보는 거야."

책 선정은 쉬웠다. 나는 히가시노 게이고의 <나미야 잡화점의 기적>을 선택했다. 누군가 나의 고민도 들어 주면 좋겠다는 마음으로 읽은 이 책을 당당히 펼쳤다. 문제는 편집이었는데 고맙게도 모임의 장이 도움을 줬다. 편집은 간단했다. 책 소개에 사용할 BGM과 녹음된 내레이션을 전달하면 심플한 표지를 띄우고 그 위에 내 목소리를 덮었다. 시각적 효과는 무엇도 없었다. 처음 영상이 공개됐을 때 사람들의 반응을 기억한다. 소모임에서 재생된 나의 목소리에 아낌없이 감탄을 주던 사람들. 보이는 사람에게는 밋밋하게 느껴질 화면이었지만 그들은 눈이 아닌 귀로 영상에 빠져든 듯했다. 그때 알았다. 이런 방식으로도 내가 하고 싶은 일을 할 수 있겠구나. 시각이 주가 되는 매체에서도 이 안에 나만의 버무림을 추가할 수 있다는 작은 희망이 반짝였다. 시력이 부족하면 실력으로 채우고, 가진 게 목소리뿐이라면 이걸 재료 삼아 시작하면 될 일이었다. 이제 나는 또 다른 그릇 안에 담기고자 준비했다.

다시 한번 말하지만 나는 내 어디가 부족한지 잘 아는 사람이다. 그 말은 부족한 부분을 메우려고 노력하는 사람이라는 뜻이기도 하다. 이 모든 건 적응하는 동안 여러 방법을 찾아 헤맨 덕이 크다. 남은 일은 그 방법을 사용해 어떻게 부족함을 메우느냐다.

내가 잘하고 좋아하는 걸 아는 것도 중요하지만 무엇을 어려워하는지 아는 것도 중요해요. 결핍의 공간을 어떻게 채울지 고민해 보세요. 틈을 메운 사람은 더 단단해질 수 있거든요.

서서히
서로에게
물들다

유튜브는 내게 어떤 의미일까? 어떤 부분이 그렇게 매력적이기에 5년이라는 시간 동안 지치지도 않고 영상을 만드는 걸까? 현재 '우령의 유디오' 채널은 15만 명의 구독자와 '우동이'라는 애칭의 시청자분들, 그리고 300개가 넘는 영상으로 소복한 공간이 됐다. 그 공간에서 난 내 일상과 생각, 마음, 시각 장애인이 됐을 때 겪은 일과 감정 상태까지 전했다. 이외에도 한때 소극적이던 나를 위로해 준 이야기를 포근한 분위기로 담아 라디오 콘텐츠, 안내견 하얀이와 우당탕 살아가는 일상, 안내견을 거부하고 환영하는 순간들과 물음표 살인마처럼 '어떻게'라는 키워드로 가득 채운 영상도 존재한다. 그에 진심을 이해하는 듯 응답하는 사람들이 많았다.

그중에는 400만 회가 넘을 정도로 많은 이가 봐 준 영상도 있다. 정말 상상도 못 했던 일들이 유튜브를 통해 일상에서도 벌어졌다. 누군가 내 목소리를 듣고 기억해 주는 일이 일어난 것이다. 유튜브를 시작하면서 영상 만들기를 주업으로 했으나 점점 잡지사나 신문사, 방송 등 멀리서도 내 이야기를 궁금해하기 시작했다.

"우령씨가 유튜브를 하면서 가장 보람찼던 순간은 언제인가요?"

"사회에 많은 영향을 주고 계시는데 앞으로는 어떤 변화를 주실 건가요?"

어떤 인터뷰마다 빠지지 않고 등장하는 질문이면서 동시에 가장 어려운 질문이기도 했다. 초반에는 이 물음에 여러 가지 답을 내놓았다. 모든 답변이 진심이 아니었던 적은 없으나 인터뷰 후, 달랑거리는 실밥처럼 매듭짓지 못한 의문이 마음에 남았다.

'너 정말 어떤 순간이 가장 행복했어? 진짜 변화를 주고는 있어?'

어느 날은 퇴근 준비를 마치고 시각 장애인 복지콜을 기다리고 있었다. 내 기억으로 그날은 뉴스 진행 3일 차였고, 방송에서 실수도 했었다.

"오늘 왜 이러지?"

누구에게나 그런 날이 찾아올 때가 있다. 엉망으로 꼬인 실뭉치처럼 잘 풀리지 않는 날이. 영 좋지 않은 날씨 속에서 1시간을 기다려서야 택시가 잡혔고 하얀이와 길을 나섰다. 그런데 비가 와서 그랬을까, 방향 감각을 잃고 길도 잃었다. 두꺼워지는 빗

방울과 차게 식어 가는 몸, 왈칵 무언가 올라올 듯한 기분이 들었다. 그때 마침 지나가던 누군가가 나를 불렀다. 낯선 목소리였지만 내 이름을 부르는 그녀의 목소리는 친숙했다. 그건 바로 우동이, 유튜브 구독자분이셨다. 그녀의 반가운 인사가 구원자를 만난 것처럼 기뻤다. 처음 만나는 구독자에게 덥석 건넬 말은 아니었지만, 상황이 상황인지라 그녀에게 "저 도움 좀 받을 수 있을까요?"라고 요청했다.

우리의 인연은 일회성이 될 줄 알았으나 그렇지 않았다. 그녀도 나와 같이 KBS에서 일하고 있었기에 이후 우리는 제대로 된 만남을 기약했다. 그렇게 약속 날이 되고, 나는 새로운 사람을 만나는 게 오랜만이라 꽤 긴장한 상태였다.

"우령씨 맞으시죠?"

자상한 목소리로 인사를 건넨 그녀에게 화답했다. 곧바로 이야기를 나눌 장소로 가야 했는데, 그녀는 자연스레 내 팔꿈치를 잡아 길 안내를 시작했다.

'오? 이거 보통은 잘 모르는데.'

시각 장애인 안내 보행은 비시각 장애인의 팔꿈치를 잡고 시각 장애인보다 반보 앞에서 안내하는 게 기본인데, 사실 이 방법을 모르는 사람들이 대부분이다. 보통 손이나 손목을 잡거나 혹은 내가 들고 있는 흰 지팡이, 하얀이의 견줄을 잡아끄는 상황도 있었다. 그래서일까, 너무나도 자연스러운 구독자님의 동작에 감사함이 밀려왔다. 그러나 놀랄 상황은 여기서 끝이 아니었다.

"우령님 12시 방향에 마늘빵 있고요. 3시 방향쯤에 커피 있습니다."

시각 장애인과 일상을 함께 보낸 적 없는 사람은 잘 모르는 방법을 그녀는 자세히 알고 있었다. 그녀의 작은 행동 하나하나가 내게 편안함을 가져다주었다. 어떻게 이리도 잘 아느냐는 나의 질문에 그녀는 기쁜 이야기를 꺼냈다.

"우령님 영상 보고 알았죠!"

그 말을 듣자마자 형용할 수 없는 감정이 나를 감쌌다. 심장이 두근거렸다. 어쩌면, 정말 어쩌면 무언가 조금씩 바뀌고 있다는 변화의 신호를 받은 걸지도 모르겠다고 생각했다.

어느 날은 새로운 식당에 방문했다. 이런 마음이 드는 게 너무 싫지만, 안내견과 새로운 장소를 들어가려고 할 때면 어쩔 수 없이 긴장하게 된다. 또 어떤 말로 출입 거부를 당할지 몰라서. 그날도 그런 심정이었다. 새로운 식당 앞에서 나는 괜히 한 번 더 희망했다.

'무사히 들어갈 수 있길.'

생각해 보면 참 슬픈 일이다. 대체 누가 식당에 들어가면서 이런 고민을 하겠나 싶다. '맛있으면 좋겠다!' 같이 음식과 관련

된 고민을 하는 게 보통 아닐까. 그렇게 하얀이와 함께 식당 문을 열고 한 발 들인 순간, 나이가 조금 있으신 남자 사장님이 우리 앞을 막았다. 그러고는 단호히 말했다.

“여기 개 안 돼요.”

너무 익숙하고 수 없이 들은 말이었다. 나는 늘 그랬듯 사장님께 안내견의 존재를 알려 드렸다. 당연히 모를 수 있다. 갑자기 문이 열리고 큰 강아지가 얼굴을 빼꼼 내밀면 당황할 수도 있고, 하얀이가 입은 노란 안내견 조끼를 보지 못했을 가능성도 있으니까. 그렇기에 최대한 친절히 설명한다. 그러나 문제는 그 다음이다. 이후 사장님들의 반응은 크게 두 가지로 갈린다. ‘아, 그래요? 들어오세요.’와 ‘그건 난 모르겠고 안 돼요.’인데, 안타깝게도 이 식당은 후자에 속했다. 분명 손님도 몇 없었고, 있는지 없는지도 모르는 손님들의 알레르기를 걱정하며 나를 식당 밖으로 이끌었다. 하얀이와 3년을 함께하면서 안내견 거부를 엄청나게 겪었다. 그럴 때마다 최대한 사장님들을 이해시키려 했다. 자리에 앉아 안내견이 어디든 들어갈 수 있고, 조용히 잘 있는 존재라는 걸 보여 주려고 했다. 이런 상황에서 ‘정말 알레르기가 있는 사람이 있으면 어떡해?’라는 물음을 받기도 했는데, 그런 상황에서는 당연히 자리를 피할 수 있다. 혹은 그 사람과 떨어져 멀리 앉으면 된다. 이걸 거짓으로 말하는 게 문제다. 하지만 그날은 뭐랄까, 나도 더 이상 사장님을 설득하기에는 힘에 부쳤다. 그래서 문밖을 나왔고 사장님께는 "저는 오늘 이 가게에서 나가지만 다음에 안내견이 오면 받아 주세요."라는 말을 남겼다. 물론 그가 내 말을 귀담아들었을지는 모르겠지만 확실한 건 안내견이 법적으로 어디든 시각 장애인과 출입 가능하다는 사실이다.

이건 장애인 보조견 모두에 해당하는 이야기다. 이를 거부했을 시 300만 원 이하의 과태료를 내야 한다. 누군가는 법이 있으면 그냥 신고하라고 한다. 나도 마음 같아서는 싸우고 싶지 않고 기분 나쁜 상황도 만들고 싶지 않다. 이야기하다가 법적인 용어가 나오면 사장님들은 내게 협박하느냐고 되묻는데, 정말 헛웃음이 나온다.

신고 과정은 그리 간단하지 않다. 법적으로 명시되어 있지만 이를 접수받는 구청 직원들이 절차를, 법적 내용을 숙지하지 못한 경우가 대부분이기 때문이다. 그럼 나는 이 한 번의 거부로 이곳저곳 엄청난 설명을 늘어놓아야 한다. 내 곁에 있던 친구는 식당을 나와서 분노를 참지 못했다. 오랜만에 만난 친구 앞에서 나도 괜히 싸우기는 싫었다. 이런 일을 처음 겪은 친구는 속상한 마음을 감추지 못했다. 그녀의 울먹이는 목소리가 귀에 맴돌았다.

'오늘도 참 스펙타클 했다.'

집에 돌아와 SNS를 뒤적이고 있는데 인스타그램에 날아온 메시지 하나가 눈에 띄었다. 그 메시지 하나가 종일 꿀꿀 했던 나의 기분을 사르르 풀어 주었다. 메시지의 내용은 이랬다.

「우령님 안녕하세요, 오늘 우령님이 다녀가셨던 식당에 함께 있던 구독자입니다. 우령님이 사장님과 이야기하실 때 저도 나서서 도와드리고 싶었는데 그러지 못해 죄송했어요. 그래서 저희도 식당을 나갈 때 사장님께 안내견은 어디든 갈 수 있는 거라고 한 번 더 알려 드렸는데 그 사장님은 쉽게 변하실 거 같진 않으시더라고요. 그래도 우령님 항상 응원합니다.」

내게 미안하다고, 함께 목소리 내 주지 못했다고. 그렇게 긴 글을 남겨 주신 구독자님의 연락을 보며 생각했다. 전혀 미안할 건 없다고, 그저 감사할 뿐이라고. 내가 떠난 뒤 한 번 더 용기 내 준 그분께 더없이 감사했다.

'나 혼자 목소리 내는 게 아니었구나.'

유튜브를 시작했을 당시 그렇게 거창한 이유는 없었다. 내가 하고 싶고, 또 만들고 싶었던 영상을 만든 것뿐이다. 작은 욕심이 하나 있다면 내 영상을 본 사람들이 이것만큼은 알아 갔으면, 내가 담고 싶었던 한 스푼의 이야기에 공감해 줬으면 하는 바람 정도였다. 세상을 바꾸겠다, 더 선한 영향을 미치는 사람이 되겠다는 거대한 포부는 없었다. 하지만 스며들고는 싶었다. 장애인과 비장애인의 삶이 분리되지 않았다는 걸 말하고 싶었다. 똑같은 일상에서 다양하게 살아가고 있음을, 그 안에 우리가 서로에게 녹아들고 있음을 알아주길 바랐다. 요즘은 이런 나의 소망이 현실에서 이루어지는 중임을 몸소 느끼고 있다.

소통이라는 건 절대 혼자서 할 수 없듯, 목소리가 퍼지기 위해서는 반드시 그걸 들어 줄 사람이 있어야 한다. 내 목소리를 누군가 늘 듣는 것처럼. 그러면서 세상을 완벽히 바꾸진 못해도 나와 사람들이 변하고 있음을 확인했다. 이건 내가 멈추지 않고 영상을 만드는 동력이 되었다. 서서히, 자연스럽게 서로의 삶에 섞이며 그걸 알아차리는 게 참 좋다. 앞으로도 나는 영상을 만들고 현재를 살아가며 이들과 뒤섞일 테다. 어쩌면 우린 지금도 미세하게 서로 스미고 있을지도 모르겠다.

To. 우동이들

나의 시간 속에 당신들이 함께라 기쁩니다.

잊지 마세요. 당신은 누군가를 환히 웃게 만드는 사람이라는 걸요.

서서히 그리고 깊숙이 서로의 삶에 스며든다는 건 참 값진 일인 것 같아요.

아주 오랫동안 만나요, 우리.

허우령 드림

컨실러 입술에 발라 보셨어요?

코랄색 틴트를 꺼내 입술에 발랐다. 내게 잘 어울리는 색이라고 한다. 미술을 좋아했기에 색의 조합과 특성을 잘 알고 있었다. 물의 양과 붓질을 통해 명도와 채도를 조절하는 일 정도는 능숙하게 해냈으니까. 그러나 요즘 나오는 화장품과 패션, 인테리어 컬러는 쉽게 이해하기 어려웠다. 팔레트 위에서 본 색깔과는 다른 생소한 이름들이 등장했기 때문이다.

20대가 되면서 본격적으로 화장품을 하나둘씩 모았다. 물론 10대 때도 화장품 가게에 가기는 했지만 직접 무언가를 고른 적은 별로 없었다. 그렇다고 20대가 되자마자 화장을 잘했던 것도 아니다. 혼자서 보지 않고 화장하는 일은 쉽지 않았다. 요즘은 영상을 통해서 <똥손도 가능한 왕초보 메이크업 방법>과 같은 다양한 정보를 얻을 곳이 많다. 그러나 대부분 설명 없이 예쁜 BGM만 흘러나오거나 들어도 이해하기 힘든 용어들이 가득했다.

'아이라이너로 점막을 채우라고? 어떻게? 삼각존에 섀도우를 칠해? 삼각존이 어딘데?'

시각적으로 봐야만 알 수 있는 영상들은 나에게 소용없었다. 어떤 색이 어울리는지, 양 조절은 얼마나 해야 하는지, 어떤 위치에 발라야 하는지 등등 화장을 처음 하는 내겐 모든 게 수수께끼였다. 화장을 잘하는 선희는 나의 이런 고민을 자주 들어줬다. 과한 볼 터치로 노을보다 더 붉어진 볼을 쿠션으로 수습해 주기도 했고, 콧등에 뭉쳐 있는 파우더를 손끝으로 문질러 주기도 했다. 가장 많이 하던 실수는 립스틱을 바르는 것이었는데 입술 라인에서 살짝 빗겨 나갈 때도 있었고 케이스가 비슷하게 생긴 제품들이 헷갈려서 컨실러를 입술에 바르는 만행을 저지르기도 했다. 익숙하지 않은 향이 코를 자극하고 나서야 뭔가 이상하다는 것을 깨달았다. 앞니에 립스틱이 묻는 일도 다반사였다.

"혹시 이거 말해 주는 게 실례일까?"

선희는 나와 꽤 오랜 시간을 함께했지만 늘 내게 섬세히 말을 건넸다. 그 조심스러운 물음에 나도 솔직하게 답했다.

"아니, 난 말해 주는 게 더 좋아. 그래도 조금 부끄럽긴 하니까 우리끼리 '앞니!'라고 말하면 스윽 지우라는 신호로 기억할게."

실수한 게 있다면 차라리 알려 주는 편이 더 좋았다. 엉망인 화장으로 종일 돌아다니는 것보다 이상한 부분을 알고 바로 고치는 게 훨씬 나았으니까. 어디서 실수했는지 알면 다음부턴 더 주의할 수도 있으니 나쁠 건 없었다. 그렇게 선희를 비롯해 내 주변에는 메이크업 코칭을 자청하는 친구들이 늘어났다. 옷을 고르고 화장하며 나를 가꾸는 데에 있어 내게 어울리는, 그리고 스스로 할 만한 방법을 찾아 줬다. 장애가 있다는 이유로 일에 어딘가 모자라다고 조언 또는 지적하지 않는 경우가 많다. 힘든 몸인데 이 정도만 해도 된다는, 어떻게 보면 나름의 배려지 싶다. 하지만 난 무엇이든 더 잘하고 싶다. 방법을 몰라서 틀렸다면 그다음을 밟게끔 새로운 단계를 알고 싶다. 내가 할 수 있는 일, 잘하고 싶은 일에 어설프게 마침표를 찍어 매듭짓기는 싫었다.

찝찝하게 잘린 매듭을 다듬어 정리해 준 건 친구들이었다. 무엇이 틀렸는지, 어떻게 하면 되는지 그들은 콕 집어 주었다. 그들도 시각 장애인이 할 수 있는 화장, 코디, 외적 꾸밈 방법을 알고 있던 것은 아니다. 나의 고민을 잘 알던 선희는 나의 잘못된 화장을 수정해 주는 일에서 이젠 어떻게 하면 내가 화장을 잘할 수 있을지 고민했다. 그 고민은 이내 나 혼자서도 가능한 화장법을 찾아 주는 형태로 드러났다. 양 조절에 실패해도 티 나지 않는 제품을 찾기도 하고 직접 눈을 감고 화장을 해 보기도 했다. 그러면서 손가락을 활용해 몇 번 문질러 발색이 예쁜지도 같이 공유하며 내게 맞는 방식을 개발했다. 몇 번의 연습 끝에 엉망진창이던 나의 실력도 점차 늘어감을 느꼈다. "오, 오늘 화장 잘됐네."라는 말을 들으면 얼마나 뿌듯한지 여태 연습한 보람이 있다고 생각했다.

"우령이는 코랄색이 잘 어울려! 베이지나 오트밀 같은 색도 잘 받고!"

"코랄? 오트밀? 그게 정확히 무슨 색이야?"

배움에는 끝이 없다고 했던가. 나를 꾸미는 일에는 알아야 할 정보가 차고 넘쳤다. 그저 내가 놓치고 있었을 뿐이다. 이전과는 다른 색깔들이 무궁무진하게 펼쳐졌다. 분홍색과 주황색 사이쯤 걸쳐 있는 코랄, 흰색에 한 방울 정도 탁한 끼를 넣었다는 오트밀. 이런 정보는 그동안 누구도 말해 주지 않았다. 그래서 더 간절히 알고 싶었다. 내가 보이지 않는다고 평생 모를 정보도 아닌데 말이다.

때론 시각 장애가 있다는 이유로 외적 가꿈을 포기하라는 듯 입 여는 이들도 있다. 스스로 볼 수 없는데 화장을 왜 하냐고, 외모 지상주의에 장애인도 찌든 것이 아니냐고. 그럼 장애인은 예쁘게 보이면 안 되는 건가 묻고 싶다. 나도 내 외면과 내면 모두를 가꾸고 싶은 욕구가 있다. 그런데 이건 모든 사람이 갖는 자연스러운 생각이다. 나를 표현하는 일, 외면과 내면 모두 성장하고 싶은 마음, 가꿈에서 오는 자기만족. 하지만 장애가 있으면

‘가꿈’의 욕망이 부재할 것이라 여기는 경우를 종종 마주친다.

시각 장애인이 혼자서 코디하고 자신을 꾸미는 행위를 사람들은 생각하지도 못했던 게 아닐까. 아무것도 모르니 정말 무엇도 안 하고 싶은 줄 아나 보다. 나 또한 예쁜 사람이 되고 싶은 게 당연하다. 화장뿐만 아니다. 여러 방면에서 가리지 않고 배워 내게 어울리는 색으로 나를 표현하는 사람이 되고자 한다.

자신을 사랑하는 사람은 배움과 가꿈을 포기하지 않는 사람이에요. 그건 나를 다채롭게 만드는 일이기도 하거든요. 모른다고 아무것도 하지 않으면 내면도 외면도 성장하지 않아요.

배움과 가꿈은 남들의 평가를 위해 하는 게 아니라 오로지 나를 사랑하려고, 스스로 만족하는 삶을 살고자 멈추지 않는 거예요.

수면 위로
끌어올린
은밀한 이야기

모이기만 하면 지독히 솔직하고 야한 대화를 나누는 여자들이 있다. 그녀들과 시간을 함께하면 나도 몰랐던 내면의 엉큼함을 깨닫곤 한다. 유난히도 뜨거웠던 그해 여름, 우리는 처음으로 하룻밤을 함께했다. 우리는 서로의 주머니 사정을 알았기에 가성비 호텔을 뒤적거리며 예약했다. 바로 호캉스를 하기 위함이었다. 돈도 돈이었지만 우린 서로의 몸이 가장 편할 장소를 엄선해 골랐다. 안내견 문제로 입씨름할 일 없고 휠체어로도 잘 다닐 수 있는 곳으로 최대한 여러 군데를 알아봤다. 호캉스라는 게 그런 편안함을 느끼려고 가는 거니까. 푹신한 침대에 파묻혀 몸도 마음도 아늑하게 쉬는 꿈의 휴식을 원했다. 일상에서 각자가 가진 장애로 이리저리 치이고, 화도 쌓이며 참지 않아도 될 상황에서 평정심을 유지해야 하는 우리였기에 모이는 공간만큼은 안정과 포근함으로 가득했으면 했다.

6층 로비에서 나를 반겨 준 건 하정 언니(유튜버 하개월)였다. 코로나19 유행으로 마스크를 착용하고 있던 나는 언니가 입 모양을 볼 수 있도록 마스크를 살짝 내려 인사했다. 먼저 체크인을 진행하려는데 마스크를 쓰고 있던 직원에게 하정 언니가 요청했다.

"제가 안 들려서요. 종이에 적어 주실 수 있나요?"

직원은 자신의 말을 종이에 간단히 작성해 언니에게 건넸고 추가적인 안내 사항은 내가 듣고서 전달했다.

그런데 그때 사이렌이 울렸다. 웅성거리는 상황 속에서 직원은 급히 오작동임을 알렸다. 무슨 상황인지 알지 못한 언니에게 방금 사이렌이 울렸고 오작동이었음을 전했다. 그때 생각했다. 청각 장애를 가진 이들도 사이렌이 울리면 대피는 해야 할 텐데, 역시 소리만 울리는 건 무용지물이라고. 몸이 편한 장소란 안전까지 보장되는 곳일 텐데 그런 완벽한 장소는 사실 눈 뜨고 찾기 힘들었다. 적어도 대한민국에선 아직인 듯했다. 혹시 모른다. 1박에 100만 원이 넘는 숙박 시설이라면 조금 다르지 않을까. 그건 아직 경험하지 않아서 모르겠지만 26년간 내가 돌아다닌 많은 장소에서 장애인 편의를 완벽하게 다루는 곳은 보기 드물었다.

그렇게 방에 들어온 언니와 나는 냅다 침대 위로 다이빙했다. 빨려 들어가는 행복과 여행의 설렘이 이제야 실감 났다. 몇

분을 그리고 있었을까, 나는 언니에게 하나 제안을 했다.

"우리, 지우 서프라이즈 해 줄까?"

지우(유튜버 구르님)는 나보다 일찍 작가로 데뷔했다. 그녀의 도서 출간(〈하고 싶은 말이 많고요, 구릅니다〉 2022.06.27 발행)을 축하하는 작은 파티를 즉흥적으로 기획했다. 언니는 너무 좋다며 손뼉을 치고서는 이내 케이크를 사기 위해 바깥으로 나섰다. 그렇게 언니가 나간 방에 잠시 정적이 흘렀다. 그런데 급히 다시 문을 열고 들어온 언니가 말했다.

"미안, 미안. 나도 모르게 불을 끄고 갔어…."

언니의 당황한 기색에 웃음이 먼저 터졌다.

"나 몰랐어. 불 끄고 가도 돼, 괜찮거든!"

그 말에 언니도 따라 웃었다. 그 자리에서 우리는 한참 배를 부여잡았다. 유튜브라는 공간에서 친분을 쌓았기에 실제로 만난 적은 몇 안 되지만 우리는 서로를 섬세하게 배려하고 있었다. 목소리로 소통하거나 소리를 들어야 하는 상황에선 내가 나섰고, 무언가를 보거나 이동할 땐 언니와 지우가 내 앞에 섰다. 굳이 말하지 않아도 각자의 포지션을 잘 알고 있었다.

그러나 그 또한 빈틈은 있는 법이다. 불을 꺼도 크게 동요하지 않은 나와 깜짝 놀라서 달려온 언니. 거기서 서로의 새로운 부분을 하나 더 알 수 있어 흥미로웠다. 그러는 동안 5분 뒤면 도착한다는 지우의 메시지가 왔다. 우린 다시 각자의 포지션으로 돌아갔다. 언니는 1층에 도착한 지우와 배달 음식을 마중하러 나갔고 나는 촛불이 켜진 케이크를 들고 서 있었다. 지우까지 합세하니 우리는 완벽한 '디-시스터즈'가 됐다. 이 이름은 지우의 유튜브 채널인 '굴러라 구르님'에 우리가 첫 출연을 하면서 탄생했다. 장애여성 셋이 모인 이 자리에서 우리를 통칭할 수 있는 이름을 갖고 싶었기 때문이다. 셋이 모인 단톡방에서 머리를 싸매던 중 지우가 문자를 남겼다.

「갑자기 생각난 건데 우리가 장애여성이라는 정체성으로 뭉친 거기도 하고, 그 속에서 다양성을 찾으려는 거니까 D-sisters (디-시스터즈) 어때요? Disabled(장애)도 되고 Diversity(다양성)도 되고.」

우리는 모두 엄지를 들었다. 더불어 내게 든든한 자매가 생긴 기분이었다. 여자들끼리, 여자들이라서, 그리고 장애여성이라는 묶음 속 더 솔직한 이야기를 뱉을 수 있을 것만 같아서. 어둑한 수면 아래에 깔린 이야기를 편히 내놓을 수 있겠다는 기대가 차올랐다.

구르님 채널에 올라간 첫 영상도 사랑과 연애 관련 이야기였다. 가장 은밀하고 아찔한 대화에서 우리는 그동안 겪었던 연애를 가감 없이 풀어냈다. 비장애인 남성과의 연애, 같은 장애를 가진 이와의 데이트, 그걸 바라보는 반갑지 않은 시선까지. 연애 이야기는 늘 재밌고 가슴 아파서 꼬박 밤새워도 부족했다. 그리고 정말 흥미진진한 이야기는 카메라가 꺼진 후 시작된다. 파자마로 갈아입은 우리는 밤을 만끽하기 위해 호텔 맨 꼭대기에 있는 루프탑으로 올라갔다. 하지만 이내 발걸음을 돌렸다. 루프탑 입구에 떡하니 자리한 계단이 우리의 완벽한 공간을 침범했기 때문이다. 그걸 확인하고서는 이럴 줄 알았다며 편의점으로 내려가 캔맥주를 구매했다. 그리고 모두 침대에 누워 그 누구에게도 방해받지 않는, 더 이상의 방해가 없는 공간에서 서로의 사랑을 꺼냈다.

"장애인의 연애는 부정적이거나 감동적이야. 아니면 누군가의 희생이 있어야 찬란해 보이거나 말이지. 난 그게 싫어. 그리고 순수하게만 보이는 것도 싫어. 우리도 사랑하는 이와 관계를 가질 수도 있잖아? 그런데 여기서 또 고민이 생기지…."

우리는 장애인에게 맞춰지지 않은 성교육, 피임 용품 사용법 등 어디서도 들어 본 적 없는 열띤 토론을 펼쳤다. 어떤 부분에서는 정말 어떻게 해야 하는지 물음표를 던지기도 했고, 해결책이 떠오르지 않으면 새로운 방법을 모색했다. 우리는 꽤 진지

하면서도 저 깊은 곳에 가라앉아 세상 밖으로 나오지 않은 야한 장애여성의 생각을 공유했다. 이왕 꺼낸 주제에 이런 질문도 던졌다. 분명 시각 장애인과 청각 장애인이 있었기에 나올 수 있던 밸런스 게임이었다.

“시각적인 게 더 야해, 청각적인 게 더 야해?”

결국 모두가 웃음을 참지 못하고 푸하하 폭소했다. 얼마나 컸는지 침대가 울렁거릴 정도였다. 답은 둘 다 그렇다는 말로 마무리되었다. 그렇게 세 여자는 바다를 자유롭게 헤엄치는 프로 해녀가 되어 깊숙한 수면 밑까지 내려가 캐낸 이야기를 끝냈다. 슬슬 잠들 시간이 되자 하정 언니가 보청기를 빼며 말했다.

“나 빼고 더 이야기하면 안 된다.”

반달 미소를 지어 보인 나와 지우는 당연하다는 말과 함께 잔잔한 잠으로 빠져들었다.

장애인은 야하면 안 된다는 법 있나요? 순수하고 순백할 거라 생각하셨다면 오산입니다. 저도 알 건 다 알고 있으니까요. 이왕 이렇게 되었으니, 수면 밑에 깔려 물으로 올라오지 못한 이야기들을 전부 끌고 오고 싶습니다.

침묵과 소음 속에서

삼삼오오 모여 있는 사람들 속에서 순조롭게 진행되는 대화 모습을 유심히 쳐다본다. 저들은 어떻게 매끄럽고 자연스럽게 대화하는 걸까? 내가 이런 생각을 하면 지인들은 반문한다.

"너도 말 잘하면서, 뭘."

학창 시절에는 방송부와 학생회장을 하며 아나운서라는 진로를 선택했다. 유튜버와 강연자, 그리고 작가 일을 하니 말과 언어는 내 삶에서 뗄 수 없는 존재가 됐다. 이제는 밥벌이이자 생계를 담당하는 기술이기도 하니까. 그만큼 소통에 있어 경험치는 풍부하니 자부심 부려도 된다고는 하지만, 여전히 나는 말하는 일에 갈증을 느낀다. 지금껏 수없이 많은 말을 뱉으며 살아왔고 그 말에 반비례하는 사람도 꽤 만났다. 하지만 이들 속에 끼어 있노라 하면 때때로 어긋나는 소통에 말의 리듬이 무너질 때도 있다.

말에 리듬을 탄다는 건 이런 느낌이다. 플레이 리스트에서 재생되는 음악이 무탈하게 완곡하고 멈추는 것. 리듬을 제대로 타지 못한다는 건 다음 버튼을 누르지도 않았는데 다른 곡이 재생되거나 버퍼링이 걸려 가사와 박자, 선율이 깨지는 것이다. 어떻게 보면 원치 않은 곳에서 리듬이 끊기는 현상이라 볼 수 있다.

비언어적인 대화나 시각이 주가 되어 오가는 말에서 내 리듬은 일시 정지되기도 한다. 목소리로 나누는 대화도 있지만 우리의 소통 방법은 다양하니까. 시각 장애인인 내가 아쉬운 부분도 여기 있다. 표정과 행동으로부터 형성되는 또 다른 템포. 물론 이를 보지 못한다고 해서 공감할 수 없다는 것은 아니다. 목소리의 톤, 떨림, 높낮이 등 보지 않더라도 파악 가능한 부분도 있다. 그러나 내가 어쩔 수 없이 아쉬움을 느끼는 건 이런 상황에서다.

"오, 머리 스타일 바뀌었네? 예쁘다!"

"그 액세서리 어디서 산 거야? 오늘 옷 코디랑 잘 어울려."

그냥 한 말이나 인사치레로 볼 수 있겠으나 내가 놓치고 있던 부분을 콕 집는 대화가 들리면 나도 먼저 알아봐 주고 싶다는 아쉬움이 든다. 그렇게 시작되는 대화에 진심으로 맞장구치고 싶지만, 역시 한계가 있는 법이다. 친한 사람이라면 실제로 머리를 만져 본다거나 옷을 쓸어내리며 함께 감탄사를 뱉겠지만 낯선 이들, 스치듯 인사만 하는 사이에선 고개만 끄덕일 뿐이다. 물론 다른 말로 이야기를 시작하기는 가능하다. 그러나 항상 "오늘 날씨 덥네요", "식사하셨어요?" 등의 밋밋한 말만 반복할 수는 없는 노릇이다. 어제도 된장찌개, 오늘도 된장찌개를 먹은 나는 재료 고갈로 이런 시작은 사양한다.

어떤 대화에서는 고요함이 곤혹스럽기도 하다. 바로 침묵의 순간이다. 조용한 침묵을 싫어하는 사람도 있다. 대화에 공백이 생기면 어떻게든 채워야 한다고 압박감을 가지는 사람이 있는데, 일단 나는 그렇진 않다. 공백 또한 나름의 소통이라는 걸 알고 있다. 하지만 내게 침묵은 묵직한 숙제를 안길 때가 많다. 정적이 흐르는 상황에서 상대는 어떤 상태인지 홀로 추리한다. 핸드폰을 보는지, 잠깐 자리를 비웠는지, 지금 말을 걸어도 되는 타이밍인지 등등 이리저리 머리를 굴린다. 결국 "뭐해?"라고 물었을 때 애석하게도 정말 자리에 없거나(화장실에 갔거나 휴지를 가지러 갔다) 밀린 카톡에 답하고 있던 경우가 다수였다. 그나마 핸드폰을 보고 있던 경우가 나의 민망함 수치를 덜어 준다. 빈 의자에 대고 허공에 말한 걸 눈치채면 혹여 주변에서 들었을까 헛기침을 연달아 하게 된다.

침묵 같은 경우 머쓱한 웃음과 함께 넘어가기라도 하지만 이와 반대로 소음은 내 귀를 막는 요인이다. 여기선 타인의 목소리에 집중하는 게 거의 불가능하다. 1 대 1 상황의 경우, 무슨 말이었는지 되묻거나 조용한 공간으로 자리를 옮기자고 제안할 수 있지만 단체 회식, MT, 뒤풀이 등 여럿이 모이는 자리에서는 정신이 반쯤 다른 세상에 가 있는 경우가 많다. 여러 목소리가 뒤섞인 공간에서 보지 않은 채 목소리의 주인을 찾기란 쉽지 않으니까. 자주 들은 적 없는 사람의 목소리라면 더더욱 헤맨다.

항상 소음에 무력하게 지고만 있던 건 아니다. 생각보다 예리한 촉으로 얼추 내용을 짐작하고 흐름을 파악해 반응하기도 한다. 그러나 그것이 매번 원활한 소통으로 이어지지는 못했다. 상대의 질문이 나를 향한 것인지 아닌지 헷갈리는 경우가 많았고, 못 알아듣고 그냥 넘긴 말들도 수두룩하다. 사람들은 이 시끄러운 자리에서 어떻게 대화하는 건지 신기했다. 나는 다수와의 만남을 즐기는 친구에게 이 부분을 물어봤다.

"음, 나도 잘 안 들릴 때가 있는데 눈빛을 주고받거나 입 모양, 얼굴 방향 등을 보고 아는 것 같아."

그렇다면 시각적인 행동을 알기 어려운 나는 어떻게 해야 이런 대화 속에 편안히 스며들 수 있는 걸까. 언제까지 침묵과 소음 속에서 혼자 덩그러니 남겨져야 할까? 시각 장애 친구들과의 모임을 생각해 봤다. 그들은 각자 다양한 시력을 갖고 있었고 그중에는 빛조차 볼 수 없는 친구도 있었다. 그러나 그들도 서로

비언어적인 행동을 하기도, 무언가를 가리키면서 말하기도 했다. 눈이 보이고 안 보이고를 떠나 우리 몸에는 비언어적인 표현이 자연스럽게 배어 있던 것이다. 모두가 잘 보이지 않는 상황 속에서 서로가 어떻게 행동하고 있는지 알 수 있던 건 바로 '말' 덕분이었다. 소리 없는 행동에 소리를 입히는 일, 그 일을 모두가 입으로 착실히 수행하고 있었다. 여러 사람이 모여 대화하면 우린 꼭 서로의 이름을 앞에 붙이고 말을 걸었다. 내 말이 당사자에게 정확히 전달되기 위해서는 필수적인 요소였다. 때로 오빠, 누나, 형, 언니로 불리는 사람이 많으면 그들의 호칭 앞에 이름을 더했다. 그냥 "누나"라고 부르면 그 공간에 있는 모든 누나가 "응?"이라고 대답했던 일을 겪은 적이 있기 때문이다. 이름을 부르며 시작되는 대화에서 안정감을 느낀다. 눈치를 보거나 추측할 필요가 없으니까. 또한 시각 장애인 당사자, 혹은 시각 장애인과 꽤 오랜 시간을 공유한 사람들을 보면 그들은 말로 자신을 드러낸다. 나는 그러한 드러냄이 참 좋다고 생각한다.

"우령아, 나 머리 어깨까지 잘랐다. 만져 볼래?"

"이번에 꽃 모양 귀걸이 샀다, 만져 봐 봐."

내게 촉각은 시각의 역할을 하기도 한다. 최근 오래 알고 지낸 사람의 턱을 처음 만져 보았는데 그의 얼굴에는 수두룩한 턱수염이 자리하고 있었다. 생각도 못 한 부분에서 만져지는 털은 상당한 충격을 가져왔다. 머릿속에서 상상한 얼굴과 다른 모습이었기에 현실을 깨달은 신선한 기분이 들기도 했다. "날 그동안 속였어."라며 장난 섞인 말을 던지자 그는 외모를 설명할 생각조차 못 했다고 함박웃음 지었다. 나도 참신한 타격에 웃음이 터졌다. 이처럼 모습과 행동을 드러내는 대화는 외롭지 않다. 무음에 음이 입혀지는 대화에서 우리는 서로의 리듬을 맞춘다. 그 음이 하나씩 쌓이면 마지막에는 완성된 노래가 나타난다. 그 노래는 더 이상 원치 않는 곳에서 끊기지 않는다. 온전하면서도 무결한 곡의 형태를 띠고 있으니까.

오늘도 수많은 대화로 하루를 시작하고 마무리지었네요. 그동안 저의 재생 버튼은 쉴 새 없이 돌아갔어요. 이야기가 매끄럽게 흘러가기도 했고 침묵에 공허하기도 했으며 소음에 단절되기도 했죠. 사람과 사람의 만남이 이어지는 한 이 삐걱거림은 몇 번이고 반복될 거예요.

대화의 리듬 속에서 유영하듯 잘 헤엄치기 위해 저는 더 오래, 유심히 볼 거예요. 그렇게 비로소 꺼낼 수 있는 깊이 있는 말을 연습해 볼게요. 이 삐걱거리는 불협화음마저 서로를 알아 가는 대화의 한 소절이 되고 있을 테니까요.

결국
이뤄 낼 테니까

어둠 속에 홀로 놓이면 우리는 무엇을 절실히 원할까? 최근 '어둠 속의 대화'라는 전시에 다녀왔다. 암전인 상태에서 시각을 제외한 다른 감각만으로 100분 동안 여행을 떠나는 컨셉의 공간이었다. 이곳에서는 그동안 내가 잊고 있던 부분도 일깨워졌다. 정말 신기하게 빛조차 들어오지 않는 공간에서 모든 사람은 평등했다. 이전에는 느껴 본 적 없는 경험이었다. 사람들은 흰 지팡이와 비슷하게 생긴 막대기를 붙잡고 앞으로 걸어갔다. 그들의 조심스러운 발걸음, 서로를 붙잡아 주는 손, 어둠 속에서 더 반갑게 들리는 목소리. 그 모든 게 내가 처음 장애를 갖고 밖으로 나온 당시의 기억을 불러일으켰다.

"아이쿠, 죄송합니다."

시각 장애인이 된 후 가장 많이 뱉은 말이자 이제는 입에 착 달라붙은 말이다. 누군가와 살짝만 스쳐도 자동으로 튀어나오니까. 보이지 않으니 이리저리 부딪히는 건 일상이 되었다. 마주 오는 사람을 미처 피하지 못했을 때면 누가 먼저 박았나 상관없이 내가 먼저 사과했다. 그래서 가끔은 이런 생각도 들었다.

'응? 내가 왜 사과하지?'

이 말을 얼마나 자주 했냐면 우두커니 서 있는 전봇대에도 사과할 지경이었으니 말 다 했다. 그런데 나는 뭐가 그리도 죄송했을까? 사과하지 않아도 될 일에 사과하고, 사과받아야 하는 일에도 먼저 고개를 숙였다. 괜찮다는 응답이 돌아오지 않으면 더 쩔쩔맸다. 그런데 모두가 어둠 속에 있는 지금은 달랐다. 미약한 스침에도 누가 먼저라 할 것 없이 나오는 죄송하다는 말. 웃으며 괜찮다고 답하는 말. 그 대화를 듣는데 내가 다 기분이 좋았다. 그 공간에서만큼은 보이지 않는 서로를 이해하기에 부딪힘마저 자연스러운 대화가 된 듯했다.

어둠 속에 있는 시간 동안 많은 생각을 하며 걸었다. 사람들은 잠시만 조용해져도 "○○아 어디 있어?" 하며 동료를 찾았고, "여기 있어!"라는 한마디에 반가워했다. 길을 잃어버릴 것 같을 때 누군가가 잡아 주는 손에 안도했으며 앞사람의 등을 구세주 본 것처럼 기쁘게 마주했다. 혼자가 아니다. 어둠 속에서 우리가 가장 의존하는 건 서로를 이해하는 사람이다. 암전된 그곳에서 또 한 번 눈을 지그시 감았다. 눈을 뜨고 있어도 말 그대로 어둠이라 보이는 건 없었다. 그때 함께 갔던 수PD의 다급한 목소리가 들렸다. 내 뒤를 따라오던 그녀가 줄에서 이탈했나 보다. 빠르게 다시 만난 그녀와 반갑게 손을 잡았다.

"잃어버려서 나 혼자 동떨어지는 줄 알았어."

조금 울상 짓던 그녀와 더 단단히 손을 잡고 걸었다. 수PD는 22년도 여름에 처음 만난 〈우령의 유디오〉 PD이다. 우리 만남은 한 편의 영화와도 같았다.

그 시기 유튜브를 하며 긴 터널을 혼자 걷는 기분을 느꼈다. 그건 마치 끝없는 곳을 계속해서 나아가는 기분이라 정말 힘들었다. 사실 새로운 콘텐츠를 매번 만드는 일이 마냥 쉽지 않았고, 더군다나 마음 맞아 함께 채널을 꾸려 나갈 파트너도 없었다. 하고 싶은 건 많지만 혼자 할 수 없다는 생각에 잠식당했을 때 수PD를 만났다. 촬영하다가 만난 것도, 유튜브 관련 일을 하다 만난 것도 아니었다. 그녀를 처음 만난 곳은 바로 강의실이었다. 그 좁은 공간에서 그녀는 내 옆자리로 오더니 살짝 말을 걸었다.

"안녕하세요, 저도 이 수업 듣는데 뒤에서 보고 우령님인 것 같아서요. 저 유튜브 팬이에요!"

살가운 그녀와 짧은 인사를 나누고 헤어졌다. 우리의 인연이 여기서 끝났다면 좋은 학우로 남았을 테지만, 그 후 우리는 다시 얼굴을 마주했다. 여러 고민 끝에 채널 게시판에 유디오 팀원을 구한다는 글을 올렸다. 과연 지원하는 이가 있을지 걱정되기도 했다. 그렇게 글을 올리고 팀원이 될 사람들의 메일을 기다렸다. 이후 공고 마감 날이 되어 게시글을 내리려니 메일함에 익숙한 이름이 보였다. 이전에 강의실에서 잠깐 말을 섞었던 그녀였다. 우리는 면접이라는 명목으로 카페에서 소소한 대화를 나누었고, 서로에게 호감을 느꼈다. 바깥세상에서 내 손을 잡아 준 그녀를 오늘은 어둠 속에서 내가 손을 잡아 주고 있었다. 우령의 유디오 첫 PD가 된 그녀는 어느 날 이런 말을 했다.

"내가 강의실에서 언니를 못 봤으면 우린 서로를 몰랐겠지?"

"내가 네 메일을 못 봤으면 우린 같이 못 했겠지?"

서로에게 이끌린 타이밍을 한참 풀었다. 나는 그녀를 만나 어두운 터널에서 탈출했다. 넓은 세상을 함께 휘젓고 다닐 파트너를 만난 셈이다.

수PD와 함께한 유디오 채널에는 다채로운 영상들이 줄줄 업로드되었다. 처음 해 본 여행 콘텐츠부터 혼자서는 만들기 어려웠던 영상이 하나씩 등장했다. 나를 만난 후, 그녀의 세상도 넓어졌다. 화면으로만 보던 장애인의 일상을 곁에서 피부로 느끼며 그녀의 시야도 확장되었다고 말하곤 한다.

100분의 어둠 속 여행을 끝내고 우린 빛이 내리쬐는 밖으로 향했다. 이제 어둠이 아닌 빛에 적응할 시간이다. 빛이 쏟아지는 세상에서도 같이 어둠을 걷고 서로를 자연스레 받아들이는 이들이 있길 바라며 나와 수PD는 오늘도 카메라에 세상을 담으러 간다.

어둠 속에 홀로 놓인 우리가 간절히 찾는 건 곁에서 느껴지는 온기다. 혼자가 아니라는 생각, 잘못된 길로 향해도 잡아 줄 손이 있다는 믿음, 그리고 충분한 이해. 그런 사람들이 여기, 밝은 세상에도 존재하기를.

EPILOGUE

책을 본격적으로 쓰면서 예전에 쓴 글이 어렴풋이 떠올랐다. 아마 친구들끼리 즉흥적으로 말한 주제에 짧은 한 줄을 써 보는 것이었는데, 그때 누군가 말했다.

"우리 '길'을 주제로 써 보는거 어때?"

그 순간, 머릿속에 로버트 프로스트의 '가지 않은 길'의 한 구절이 스쳤다.

숲속에 두 갈래 길이 있었다고.
나는 사람이 적게 간 길을 택하였다고.

누구의 발자국도 없는 풀이 무성한 그곳을 걷는 게 내 마음을 더 이끌었다. 물론 잘 다져진 길도 좋다. 다칠 일도 줄어들고 편안할 것이다. 그러나 길이 아니라 생각된 곳에서 애초부터 발길을 돌리려던 그 순간에, 한 사람의 발자국만 찍혀 있더라도 그 길은 든든해지지 않을까? 그래서 나는 과거에도 현재에도 미래에도 낯선 길을 택할 것이다. 프로스트의 시를 영감으로 쓴 나의 글을 보고 친구는 맨 마지막 줄에 한 문장을 적어 주었다.

「넌 잘할 거 같아.」

요즘 나는 내가 걷고 있는 길이 든든하다는 것을 느낀다. 분명 홀로 걷는 시간도 있었다. 그러다 둘이 되고 모두가 되어 옆을 나란히 걷는 이들이 생겨났다. 아주 가까운 곳에서 그들과 나의 발자국이 마구 남겨지고 있다. 그중에는 당신의 발자취도 있을 것이다. 분명 있다. 어떤 날에는 우연히 마주친 당신의 목소리를 듣고 반가움과 안정감을 느끼기도 한다.

"우령님, 영상도 활동도 다 잘 보고 있어요!"

그냥 스쳐 갈 수도 있지만 우린 서로의 존재를 응원해 줬다. 그리고 지켜본다. 나를 애정 어리게 바라봐 주고 이 책을 끝까지 읽어 준 당신에게 무한한 감사를 표한다. 이제 이 책을 덮고 우리가 또 새롭게 가야 할 길 앞에 이 말을 전한다.

넌 잘할 거 같아!

혹여나 길을 잃어버렸다 생각이 들 땐 이 책을, 유튜브 영상 속 허우령을 찾아와 주길 바란다. 다시 이뤄 내는 법을 함께 찾아가면 되니까.

잃어도 이뤄 낼 당신에게 나의 발자국을 포갠다. 글을 쓰는 내내 응원해 준 따뜻한 사람들과 여전히 함께하고 있는 구독자 우동이들에게도, 이 책을 끝까지 읽어 준 독자분들에게도 말로 다 표현되지 않는 사랑의 말을 전해 본다.

잃어도 이뤄냈으니까

1판 1쇄 인쇄 2024년 04월 30일
1판 1쇄 발행 2024년 05월 07일

지 은 이 허우령

발 행 인 정영욱
편집총괄 정해나
편　　집 박소정
디 자 인 차유진

펴낸곳 (주)부크럼
전　화 070-5138-9971~3 (도서기획제작팀)
홈페이지 www.bookrum.co.kr
이메일 editor@bookrum.co.kr
인스타그램 @bookrum.official
블로그 blog.naver.com/s2mfairy
포스트 post.naver.com/s2mfairy

ISBN 979-11-6214-493-0 (03800)